Wang Zengqi

Selected Works

汪朗主编

汪曾祺别集

梨园集

汪卉编

浙江文艺出版社

作者，一九八七年参加美国爱荷华国际写作计划时在晚会上唱戏

一九七五年，作者在拉萨

约一九九〇年，作者和孙女汪卉

小議新程派

汪曾祺

中國京劇有「四大名旦」，各有特點。梅（蘭芳）雍容華貴。尚（小雲）英姿颯爽。荀（慧生）嫵媚玲瓏。其中最具風格，與眾不同的是程（硯秋）。

程的風格概括起來，可以說是含蓄、深沉比較內在。

程年輕時的戲路子本來是很寬的。除了《汾河灣》、《武家坡》這樣的青衣戲之外，花旦戲也唱。解放前我看過一張舊報紙，有一版是京劇廣告，程硯秋演的竟是《貴妃醉酒》！程硯秋的《醉酒》會是怎麼樣的呢？和路玉珊、梅蘭芳都會有所不同吧。看來一個演員都得有個博采眾長、兼收並蓄的階段，過早的「歸宗」，祗認定一個流派，並無好處。

程硯秋逐漸形成自己的流派，並在旦角中產生很大的影響，有一個時期幾乎成了「十旦九程」。

程派的特點不只是千迴百轉，迴腸蕩氣的唱腔，當然「程腔」是程派的主要特點，程注重人物，注重意境。

一般來說，程的戲不太追求場面熱鬧，情節曲折。他曾經一個晚上只演一齣《賀后罵殿》，這齣戲幾乎沒有情節，只是賀后在金殿上把趙匡義罵了一通，唱了一大段二黃，全劇只有幾十分鐘。在天蟾舞臺那樣大的劇場，只唱了那麼短的一齣戲，只有程硯秋敢這樣幹！

他的新編戲「私房本戲」，《鎖麟囊》算是情節比較曲折的。《文姬歸漢》情節非常簡單，嚴格說起來，這不是一齣戲，是一首詩，一首抒情詩。《祝英臺抗婚》是一齣消唱劇。《荒山淚》的水袖圓場是一場中國舞蹈。程的水袖功極好，但是他並不追求表面的強烈。不是在那裡「耍」水袖，而是在圓場中表現人物，有一種內在的美。

李世濟演「文姬歸漢」

程的劇本，演唱都比較「冷」。《董解元西廂記》說「冷淡清虛最難做」，能把戲唱「冷」了，而又使觀眾得到深深的感染，這是非常不容易的。程硯秋重視「四功五法」，但是法在外而功在內，程的功是「內功」。中國字畫講究「元氣內斂」，程硯秋正是這樣。他的藝術是中國戲曲裡的太極拳。程的太極拳打得很好，說他的演唱受了太極拳的影響，不是沒有道理。

李世濟是程硯秋的嫡傳弟子，有些戲曾得程的親授。除了她的嗓音、扮相像程之外，更重要的是她對程的美學觀點深有體會，不是一步一趨，得其形似。

我有些年沒看李世濟的戲了，去年看了她一場《六月雪》的《法場》，給我很大的震撼。世濟不只在《竇娥冤》的「冤」字上做文章，不只是委委屈屈、涕泗橫流，她演的竇娥是一腔悲憤，問天不語，欲哭無淚，是對這個無是非、不公平的世界強烈的抗議。我想這是符合程硯秋塑造這個人物，也是符合關漢卿的悲劇的原意的。我覺得世濟的表演藝術達到了一個新的境界。

世濟在藝術上是個非常好強的人。她絕不想停留在已有的成就上。她在不斷地探索，不斷地試驗，不斷地追求。

對程先生的本子，有的地方，她敢作局部的修改，《祝英臺抗婚》原本比較單薄，世濟在「哭墳」一場加了大段的反二黃，撫今追昔，不能自已，就這使《抗婚》的感情更加深厚了。《祭塔》的「八大腔」也動了一些地方，在回敍中增感情，避免了京劇行話所說的「倒囊」。

世濟在唱腔，唱法上突破得更多一些。這幾年世濟在程腔的婉轉中試用了真聲（「大嗓」）這就更加渾厚，更使人有蒼涼感。但是世濟的大小嗓結合得很好，泯然無跡，不使人覺得「夾生」。程派一般不走高腔。世濟有時卻在平腔中拔出一個壁立的高腔，在「哭頭」中用得更多一些，鶴唳猿吟，有很強的穿透力，大小嗓、高低腔，交替使用「橫看成嶺側成峰，高低遠近各不同」，這樣做使程腔更加豐富了。

對於李世濟的這種做法褒貶不一。貶之者曰：這是破壞傳統，「欺師滅祖」；褒之者曰：這是創造革新，大膽突破，是對「程派」的真正忠實繼承。有人稱世濟的演唱為「新程派」。褒也好，貶也好，反正「新程派」已經成為「既成事實」，為很多觀眾接受，抹殺不了。

世濟既已成為「新程派」，我希望她繼續試驗下去，破釜沉舟，義無反顧！

《小议新程派》初刊本书影

出版说明

二〇二〇年是作家汪曾祺先生诞辰一百周年。为纪念汪先生，我们编选了这套《汪曾祺别集》。

汪曾祺的老师沈从文先生辞世后，家属借岳麓书社提议出版沈先生作品的机会，与吉首大学沈从文研究室合作，编选了一套二十册袖珍本集子，并根据汪曾祺先生的建议，定名为《沈从文别集》。这套选本款式朴素大方，编选方面的特别处在于，除了旧作，每本书前面增加了一些杂感、日记、检查、书信，以帮助读者更全面地理解作者和他的作品。

《汪曾祺别集》即参照《沈从文别集》的体例，从目前所见的汪曾祺全部作品中精选出二十册小书，在纪念汪先生的同时，向沈先生致敬。

本书大致依体裁、主题分集，希望在编辑、校订方面尽可能精审，遵循的基本原则如下：

一、以初版本或作者改订本为底本，参校以初刊本，作者手稿、手校本。不论所据底本为何种形式，全书统一为简体横排，标点符号统一为新式标点。

二、底本误植处，据校本或上下文可明确推断所误为何，由编者径改；底本与他本相抵牾而无法判断者一仍其旧。

三、可见作者习惯的异体字不做改动；通假字，侧重记音的方言用字，象声词，及外国人名、地名译法，仍存旧貌；意义完全相同的同一字，及同一人、地、物名，在同一篇内保持一致。

四、在早期作品中，作者习惯使用或现代文学创作中尚不规范的“的”、“地”、“得”、“做”、“作”、“那”、“哪”等词用法，不强做规范处理。

五、全书中的数字，除特殊情况外，统一为中文数字形式。

六、题注、收信人简介以仿宋体排于篇首页页下。正文中作者原注和编者注均以脚注形式标在当页。作者原注排为宋体；编者所做的必要注释以“编者注”字样标出，排为仿宋体。

七、独立成段的引文统一使用仿宋体，另行起排，段首缩进两字。

八、每篇文章的题注以脚注形式标在篇首页，排为仿宋体。所注信息包括初次发表时间、报刊名（初刊），初版图书名（初收）等。涉及的初版图书包括以下版本：

《邂逅集》，文化生活出版社一九四九年四月版；

《羊舍的夜晚》，中国少年儿童出版社一九六三年一月版；

《汪曾祺短篇小说选》，北京出版社一九八二年二月版；

《晚饭花集》，人民文学出版社一九八五年三月版；

《汪曾祺自选集》，漓江出版社一九八七年十月版；

《晚翠文谈》，浙江文艺出版社一九八八年三月版；

《茱萸集》，联合文学出版社一九八八年九月版；

《蒲桥集》，作家出版社一九八九年三月版；

《旅食集》，广东旅游出版社一九九二年四月版；

《世界历史名人画传·释迦牟尼》，江苏教育出版社一九九二年七月版；

《汪曾祺小品》，中国人民大学出版社一九九二年十月版；

《中国当代作家选集丛书·汪曾祺》，人民文学出版社一九九二年十二月版；

《汪曾祺散文随笔选集》，沈阳出版社一九九三年六月版；

《菰蒲深处》，浙江文艺出版社一九九三年六月版；

《榆树村杂记》，中国华侨出版社一九九三年九月版；

《草花集》，成都出版社一九九三年九月版；

《汪曾祺文集》（五卷），江苏文艺出版社一九九三年九月版；

《塔上随笔》，群众出版社一九九三年十一月版；

《中国当代名人随笔·汪曾祺卷》，陕西人民出版社一九九三年十二月版；

《矮纸集》，长江文艺出版社一九九六年三月版；

《逝水》，中国青年出版社一九九六年三月版；

《独坐小品》，宁夏人民出版社一九九六年十一月版；

《去年属马》，北京燕山出版社一九九七年八月版；

《中国当代才子书·汪曾祺卷》，长江文艺出版社一九九七年九月版；

《汪曾祺全集》（八卷），北京师范大学出版社一九九八年八月版；

《汪曾祺全集》（十二卷），人民文学出版社二〇一九年一月版。

题注中只列上述书名，不另标注出版时间和出版社名；《汪曾祺全集》以“北师大版”和“人民文学版”作为区分。

虽已竭尽全力，本书仍可能存在各种问题，期待读者诸君批评指谬。

《汪曾祺别集》编辑委员会

二〇一九年十二月六日

总　序

别集，本来是汪曾祺为老师沈从文的一套书踅摸出的名字，如今用到了他的作品集上。这大概是老头儿生前没想到的。

沈先生的夫人张兆和在《沈从文别集》总序中说："从文生前，曾有过这样愿望，想把自己的作品好好选一下，印一套袖珍本小册子。不在于如何精美漂亮，不在于如何豪华考究，只要字迹清楚，款式朴素大方，看起来舒服。本子小，便于收藏携带，尤其便于翻阅。"这番话，用来描述《汪曾祺别集》的出版宗旨，也十分合适。简单轻便，宜于阅读，是这套书想要达到的目的。当然，最好还能精致一点。

这套书既然叫别集，似乎总得找出点有"别"于"他集”的地方。想来想去，此书之“别”大约有三：

一是文字总量有点儿不上不下。这套书计划出二十本，约二百万字。比起市面上常见的汪曾祺作品选集，字数要多出不少，收录文章数量自然也多，而且小说、散文、文学评论、剧本、书信等各种体裁作品全有，可以比较全面地反映他的创作风格。若是和人民文学出版社新近出版的《汪曾祺全集》相比，《别集》字数又要少许多。《全集》有十二卷，约四百万字，是《别集》的两倍，还收录了许多老头儿未曾结集出版的文章。不过，《全集》因为收文要全，也有不利之处，就是一些文章的内容有重复，特别是老头儿谈文学创作体会的文章。汪曾祺本不是文艺理论家，但出名之后经常要四处瞎白话儿，车轱辘话来回说，最后都收进了《全集》。这也是没办法的事情。《别集》则可以对文章进行筛选，内容会更精当些。就像一篮子菜，择去一部分，品质总归会好一点儿。

二是编排有点儿不伦不类。这套书在每一本的最前面，大都要刊登老头儿几篇与本书有点儿关联的文章，有书信，有序跋，还有他被打成右派的“罪证”和下放劳动时写的思想汇报。在正文之前添加这些“零碎儿”，可以让读者从多个角度了解汪曾祺其文其人。这种方式算不得独创，《沈从文别集》就是这么编排的，只是一般书很少这么做。也算是一别吧。

再有一点，是编者有点儿良莠不齐。这套书的主持者，以五十岁左右的中年人居多，他们大都对汪曾祺的作品有着深入了解，也编过他的作品集。有的当年常和老头儿一起喝酒聊天，把家里存的好酒都喝得差不多了；有的是专攻现当代文学的博士；有的被评为“第一汪迷”；有的参加过《汪曾祺全集》的编辑；有的对他的戏剧创作有专门研究……这些人能够聚在一起编《汪曾祺别集》，质量当然有保证。其中也有跟着混的，北京话叫“塔儿哄”，就是汪曾祺的孙女和外孙女。她们对老头儿的作品虽然有所了解，但是独立编书还差点儿火候。好在大事都有专家把控，她们挂个名，跟着敲敲边鼓，不至于影响《别集》的质量。

这套《汪曾祺别集》是好是坏，还要读者说了算。

汪　朗

二〇一九年十月二十五日

目　录

序跋选

书信选

《去年属马》题记

京味和京派是两回事，两个不同的概念。京派是一个松散的群体，并没有共同的纲领性的宣言。但一提京派，大家有一种比较模糊的共识，就是这样一群作家有其近似的追求，都比较注重作品的思想。即都有一点人道主义。而被称或自称“京味”的作家则比较缺乏思想，缺少人道主义。

我算是“京味”作家么？

《天鹅之死》把天鹅和跳“天鹅之死”的芭蕾演员两条线交错进行，这是现代派的写法。这不像“京味”。《窥

* 初刊于一九九七年四月二十四日《北京晚报》，题为《〈日下集〉题记》；初收于《去年属马》，此书原定名《日下集》，出版时更名为《去年属马》。

浴》是一首现代抒情诗。就是大体上是现实主义的小说《八月骄阳》，里面也有这样的词句：

> 粉蝶儿、黄蝴蝶乱飞。忽上，忽下。忽起，忽落。黄蝴蝶，白蝴蝶。白蝴蝶，黄蝴蝶，……

用蝴蝶的上下纷飞写老舍的起伏不定的思绪，这大概可以说是“意象现实主义”。

我这样做是有意的。

我对现代主义比对“京味”要重视得多。因为现代主义是现代的，而一味追求京味，就会导致陈旧，导致油腔滑调，导致对生活的不严肃，导致玩世不恭。一味只追求京味，就会使作家失去对生活的沉重感和潜藏的悲愤。

本集有不少篇是写京剧界的人和事的。京剧界是北京特有的一个社会。京剧界自称为“梨园行”、“内行”，而将京剧界以外的都称为“外行”。有说了儿媳妇的，有老亲问起姑娘家是干什么的，老太太往往说：“是外行”。这里的“外行”不是说不懂艺术，只是说是梨园行以外的人家，并无褒贬之意。梨园行内的人，大都沾亲带故，三叔二大爷，都论得上。他们有特殊的风俗，特殊的语言。如称票友为“丸子”，说玩笑开过分了叫“前了”……“梨园行”自然也和别的行一样，鱼龙混杂，贤愚不等。有姜妙香那样的姜圣人，肖老（长华）那样乐于助人而自奉甚薄的好人，有“好角儿”，也有“苦哈哈”、“底帏子”。从俯视的角度看来，梨园行的文化素质大都不高。这样低俗的文化素质是怎样形成的？如《讲用》里的郝有才，《去年属马》里的夏构丕，他们是那样可笑，又那样的可悲悯，这应该由谁负责？由谁来医治？

梨园行是北京的一个重要的组成部分。可以说没有梨园行就没有北京，也没有“京味”。我希望写京味文学的作家能写写梨园行。但是要探索他们的精神世界，不要只是写一点悲欢离合的故事。希望能出一两个写梨园行的狄更斯。

一九九七年二月十三日

致黄裳[1]　一九六二年四月十日

黄裳兄：

前日得奉手教，弟今日北返矣。行箧已理就，聊书数语为覆。

不意弟所为“昭君”，竟与老兄看法相左！周建人文章曾于《戏剧报》草草读过，以为是未检史实，蔽于陈见之论，是讨论昭君问题中的最无道理的一篇。截止现在为止，我仍以为翦伯赞所写的《从汉的和亲政策说到昭君和亲》是一篇实实在在的文章。我的剧本大体上就是按照这篇文章的某些观点敷衍而成，虽然我在着手准备材料时还没有读过翦文。昭君和亲在历史上有积极作用，对汉、胡两族人民的生活、生产均有好处，为铁定不移的事实。你说侯外庐的看法过于新颖，侯的文章我未见过，不知是在何处发表的，倒想拜读一下，也好长点见识。如侯说与翦说同，则我以为并不“新颖”，而是符合事实。而自石季伦的《明君词》至周建人的谈王昭君，实为各有原因的一系列的歪曲，《青冢记》曾读过，可以算得是歪曲的代表。

1　黄裳（一九一九—二〇一二），原名容鼎昌，祖籍山东益都（今青州）。散文家、藏书家、高级记者。曾任《文汇报》记者、编辑、编委等职，在戏剧、新闻、出版领域均有建树。

其中“出塞”一出写得颇好，即现在各个剧种“昭君出塞”所本（昆曲、祁剧、京戏……）。这给我造成一个很大的麻烦，——这个案子是很不好翻！

我的初稿已写得毫无自信。无自信处在于两点。一是史实。为了“集中”，我把历史在手里任意播弄了一回，把发生在昭君和番前十几年的事一塌括子挪在了和亲前夕，而且把已经死去十六七年的萧望之拉出来作为坚持和亲的主要角色，和害死他的石显相对抗，时间上大大打乱了。这种搞法，莎士比亚大概是会同意的，但历史学家如吴晗市长，大概很难批准。第二是戏，难的是“动作”太少，而话太多（不管是说出来还是唱出来的）。我这个人曾经有很厉害的偏见，以为人生只有小说，而无戏剧。凡戏，都是不自然的（我原来是一个自然主义者）。现在看法上是改了，但终于还是一点不会写“戏”——我那个《范进中举》初稿写出来后，老舍却曾在酒后指着我的鼻子说：“你那个剧本——没戏！”看来这是无可如何的事了也！

张君秋（此人似无什么“号”）有一条好嗓子，气力特足（此人有得天独厚处，即非常能吃，吃饱了方能唱，常常是吃了两大碗打卤面，撂下碗来即“苦哇……”——《起解》，玉堂春），但对艺术的理解实在不怎么样。他近来很喜欢演富于情节的李笠翁式的喜剧，戏里总有几个怪模怪样的小丑起哄。观众情绪哄起来之后，他出来亮亮地唱上两段（这种办法原来是容易讨俏的）。而我的剧本偏偏独少情节，两下里不大对路，能否凑在一处，并非没有问题。好在我是“公家人”，不是傍角的，不能完全依他。将来究竟怎么样，还未可预卜。

剧本到北京讨论一下，可能要打印出来，征求意见。届时当寄上一本，以俟“杠正”。草草。

即候著祺，曾祺　顿首。

四月十日

致黄裳　一九六二年十二月九日

黄裳兄：

永玉和继炯[1]叫我读一读《鸳湖记》，顷已拜读。你写了东西，首先是值得庆贺的事，向你道喜！

小说看来甚长。已经写了两万五千字，人物才出场，故事才开了一个头，全篇岂不要有二十万字么？那么，这是一个长篇。全篇已经续写完了么？我很想有机会读一读

1 “继炯”疑为“际坰”，即著名报人潘际坰。——编者注

全文，也许可以提出一点读后感。单看开头，未免有点茫然。——这里面有些段落，字句显然是为了后面的情节而伏置的，在“此时”还不会发生作用。

单看开头，只有两点意见。

一、行文似乎过于纡缓。也许我看惯了京戏，喜欢明白了畅。写了三四个京戏本子，觉得“自报家门”式的人物出场办法，大是省笔墨、醒精神之道。现在大家都很忙，报纸的读者尤多是劳人，过于精雕细刻，也许不一定很配胃口。有一个很鲁莽的想法：不如前面浓浓地写上一大段风景，接着就点名，把几个主要人物的名姓脚色拉出一个单子，然后再让他们动作起来。

二、个别标点抄写时可能弄错了，有的按常例应是逗点处标成了句点，——或者是把原有的破折号丢了，有语意断促之感。

一个希望是，还是尽量写得简短一些。这可能是我的偏见，我是只能写短篇，并且也只读短篇的。

我仍在写京戏，日前以一星期之力，写成一个剧本，（速度可与郭老相比！）名曰《凌烟阁》。但是，只是一个一个地在写，却未有一个演出，终其身作一个案头剧本作家，这事就不大妙！

奚啸伯在上海演出，以《范进中举》打炮，曾往看乎？“听”说他对原著“整理、加工、提高”了（此是贵报所云），不知“高”到如何境地也！

此候曼福不尽！

曾祺　顿首

十二月九日

致朱德熙[1]　一九七八年十二月二十日

德熙：

前写蔬菜笔记三则，近翻“植物图考”，原来他都已讲得很精细，读书易忘，无端饶舌，至可笑也。

我十个月来，无事可为。这个月忽然写了两篇文章，一是《读民歌札记》，二是《论〈四进士〉》。后者竟然写了一万五千字。稿子正在团内少数人中传阅，不日或可奉上一看。最近还在酝酿写第三篇，本想谈《群英会》或《玉堂春》，但听说以前已经有人谈过，且把那些宏论找来看

1　朱德熙（一九二〇—一九九二），江苏苏州人，古文字学家、语言学家、教育家。作者西南联大时期同学。先后在清华大学、昆明中法大学、北京大学担任教职；在北京大学历任中文系副主任、副校长兼研究生院院长。

看再说。今天晚上想想，也许可以写一篇架空立论的文章：《论本色当行》。因为“四人帮”搞的戏类多海阔天空地说大话，把中国戏曲的这个优良传统全给毁了。这要酝酿一个时期。你如果看到这方面的材料，请告诉我。

北京近来缺菜，肉只肥膘猪肉，菜只有大白菜，每天作饭，甚感为难，孔敬想有同感。何时菜情好转，当谋一叙。

候安

曾祺　顿首

十二月廿日

致方荣翔[1]　一九八五年五月二十六日

荣翔同志：

从你在《电影戏剧报》上发表的短文中，知道你的病

1　方荣翔（一九二五——一九八九），北京市人，京剧表演艺术家。本姓周，幼随继父姓方。十六岁拜裘盛戎为师，专工裘派花脸。一九五一年参加中国人民志愿军京剧团赴朝。一九五八年回国，担任山东省京剧团副团长。曾任中国剧协第四届理事、中国剧协山东分会副主席、山东省文联名誉主席。

已经痊愈了，非常高兴！前半年，听说你心脏病复发，很严重，我很担心。北京有一阵传说你以后大概演不了戏了，我闻之心中黯然。现在你的病治好了，又能唱戏了，这太好了！你的文章充满了乐观情绪，令人鼓舞。希望不久能看到你重登舞台的消息，并希望你能到北京演出，和北京的观众见见面。我等着！

《裘盛戎》剧本已在《新剧本》发表，我已告诉《新剧本》编辑部，让他们给你寄一本。剧本的情节很多是虚构的，但是把盛戎这个“人”写出来了。重读剧本，我自己还是颇为感动。这个戏，演出大概是很困难了，上哪儿去找这么几个老中青三代裘派花脸去？不过我想这戏可能会有人改成电视剧的。改为电视剧，盛戎由你来演最合适，因为你了解他。如果有人征求我的意见，我当把你推荐给他们。这只是我一时的“浮想联翩”，不过也不是完全没想实现的可能。

听说裘明的嗓子不大好，也不太用心，有些教人失望。你到来北京，找他多谈谈。

我一切尚好，七月中可能要随作家团到香港去一次，八月初即可回来。

希望早日能在北京见到你。

即候

时安

汪曾祺

五月廿六日

致方立民[1] 一九八九年十月十日

立民：

十月六日信收到。

你希望我写一篇纪念荣翔的文章，这在我是义不容辞的事。荣翔去世后的第三天，我曾写过一篇短文，寄给《北京晚报》，未见刊出，不知是什么原因。我可以另写一篇，但要想一想。我对荣翔是很敬重的，但接触不多，说不出多少话。中央广播电台曾约我写过一篇关于荣翔几段唱腔的分析，也许可以就这篇旧稿的基础，发展成为一篇文章。今天和电台的唐小灵同志联系了一下，她说这篇东西的底稿还在她手里，一两天给我寄来。据唐小灵说，这篇东西曾寄给荣翔看过，荣翔很喜欢。你看过这篇东西么？

1　方立民，一九五八年生，北京市人，京剧演员方荣翔之子。现为济南市文联创作员。

为了写文章，有些事情想问问你，如下：

1. 盛戎生前，荣翔对他很关怀爱护，有些什么突出表现？特别是盛戎病重时，荣翔是怎么照顾他的？

2. 盛戎死后，荣翔对师母一家是怎么照顾的？

3. 荣翔八八年六月在香港复发了心脏病，他写信给我，只说是由于过分劳累。据一个台湾朋友告诉我，是因为袁世海和香港剧院闹了别扭，中途回来，荣翔不得不把世海的戏都承担起来，这才过于劳累的，有这回事么？还有什么别的原因？

4. 荣翔曾来信，说他和钳韵宏、夏韵龙、朱锦华合作，写了本介绍裘盛戎的代表作的书，他说等这本书找到出版的门路后，让我写一篇序。这本书现在的下落如何，有了出版门路了么？

5. 你正在撰写荣翔的传记，很好。预计什么时候可以完成？完稿以后，能不能给我看看。我也许可以在文字技巧上给你一点帮助。

我曾收到剧协山东分会一函，为荣翔的纪念文集约稿。你写的文章是不是打算收在这本文集里的？山东省剧协编辑这本文集的是谁？你可以设法委托一个水平较高的同志来编。因为写文章的可能有不少是演员，他们的表达能力是较差的，需要一个高明的编辑加加工。

匆复，即祝健康。并请代问你母亲好。

汪曾祺　十月十日

裘盛戎二三事

我与裘盛戎未及深交，真是憾事。

和盛戎合作，是很愉快的。他对人，对艺术，都很诚恳。他的虚心是真正的虚心。他读剧本是很仔细的。我在武昌，常看见他一个字一个字慢慢地看剧本，盘腿坐在床上，戴着花镜。他对剧本不挑剔，不为自己在台上“合适”而提出一些难予照办的意见。跟他合作，不会因为缺乏共同语言而痛苦。

盛戎不挑辙口。一个演员，十三道辙都响，很不容易。有一个戏里有个“灭”字，正在要紧的地方。这个字是很不好发声的。盛戎把它唱得很响，很突出，很好

* 初刊于《京剧艺术》一九八〇年第四期，初收于人民文学版《汪曾祺全集》第九卷。

听。在搞《雪花飘》之前，我跟他商量用辙，说这个戏想用“一七”辙。他放了一会傻，说：“哎呀，花脸唱闭口音……”我说：“你那个《铡美案》是怎么唱的？”他冲着我点点手，笑了。

盛戎花了很多功夫研究唱法，晚年用力尤勤。他曾跟我说：“花脸唱一出戏要用多少‘气’呀！我现在这个岁数，不能像年轻时那样唱。”他常在家里听录音。不仅是花脸，旦角、老生，他都听，都琢磨。他说：“《智取威虎山》里，‘支委会上同志们语重心长’这一句的腔最好。‘心……长！’的‘长’字就搁在这儿了，真好！”他对气口的处理有独到之处。《智取》里李勇奇的“扫平那威虎山我一马当先”，按照花脸的一般唱法，都是在“一马”之后换气。盛戎说：“叫我唱，我不这样。”他给我唱了一遍。他在唱到“一马”的矫矢回旋的唱腔之后，倾全力唱出“先”字。他说“一马”之后，不缓气，随即把“当”字吐出，然后吸足一口气，倾全力唱出“先”字。他说“一马”之后缓气，到“先”字就没有劲了。“一马当先”的气势出不来。

盛戎会拉胡琴，会打鼓。这对他的唱很有帮助。会拉胡琴，故能使声乐器乐互相“给劲”，相得益彰。会打鼓，故能在节奏上走出必然王国，运用自如。

名优之死
——纪念裘盛戎

裘盛戎真是京剧界的一代才人！

再有些天就是盛戎的十周年忌辰了。他要是活着，今年也才六十六岁。

我是很少去看演员的病的。盛戎病笃的时候，我和唐在炘、熊承旭到肿瘤医院去看他。他的学生方荣翔引我们到他的床前。盛戎因为烤电，一边的脸已经焦糊了，正在昏睡。荣翔轻轻地叫醒了他，他睁开了眼。荣翔指指我，问他“您还认识吗？”盛戎在枕上微点了点头，说了一个字：“汪。”随即从眼角流出了一大滴眼泪。

盛戎的病原来以为是肺气肿，后来诊断为肺癌，最后转到了脑子里，终于不治了。当中一度好转，曾经出院回

---

* 初刊处、初刊时间未详，初收于北师大版《汪曾祺全集》第三卷。

家，且能走动。他的病他是有些知道的，但不相信就治不好，曾对我说："有病咱们治病，甭管它是什么！"他是很乐观的。他还想演戏，想重排《杜鹃山》，曾为此请和他合作的在炘、承旭和我到他家吃了一次饭。那天他精神还好，也有说话的兴致，只是看起来很疲倦。他是能喝一点酒的，那天倒了半杯啤酒，喝了两口就放下了。菜也吃得很少，只挑了几根掐菜，放在嘴里慢慢地咀嚼。

然而他念念不忘《杜鹃山》。请我们吃饭的前一阵，他搬到东屋一个人住，床头随时放着一个《杜鹃山》剧本。

这次一见到我们，他想到和我们合作的计划实现不了了。那一大滴眼泪里有着多大的悲痛啊！

盛戎的身体一直不大好。他是喜欢体育运动的，年轻时也唱过武戏。他有时不免技痒，跃跃欲试。年轻的演员练功，他也随着翻了两个"虎跳"。到他们练"窜扑虎"时，他也走了一个"趋步"，但是最后只走了一个"空范儿"，自己摇摇头，笑了。我跟他说："你的身体还不错"，他说："外表还好，这里面——都娄了！"然而他到了台上，还是生龙活虎。我和他曾合作搞过一个小戏《雪花飘》（据浩然同志小说改编），他还是兴致勃勃地和我们一同去挤公共汽车，去走路，去电话局搞调查，去访问了一个七十岁的送公用电话的老人。他年纪不大，正是"好岁数”，他没有想到过什么时候会死。然而，这回他知道没有希望了。

听盛戎的亲属说，盛戎在有一点精力时，不停地捉摸《杜鹃山》，看剧本，有时看到深夜。他的床头灯的灯罩曾经烤着过两次。他病得已经昏迷了，还用手在枕边乱摸。他的夫人知道他在找剧本，剧本一时不在手边，就只好用报纸卷了一个筒子放在他手里。他攥着这一筒报纸，以为是剧本，脸上平静下来了。他一直惦着《杜鹃山》的第三场。能说话的时候，剧团有人去看他，他总是问第三场改得怎么样了。后来不能说话了，见人伸出三个指头，还是问第三场。直到最后，他还是伸着三个指头死的。

盛戎死于癌症，但致癌的原因是因为心情不舒畅，因为不让他演戏。他自己说：“我是憋死的”。这个人，有戏演的时候，能捉摸戏里的事，表演，唱腔……就高高兴兴；没戏演的时候，就整天一句话不说，老是一个人闷着。一个艺术家离开了艺术，是会死的。十年动乱，折损了多少人才！有的是身体上受了摧残，更多的是死于精神上的压抑。

《裘盛戎》剧本的最后有一场《告别》。盛戎自己病将不起，录了一段音，向观众告别。他唱道：

“唱戏四十年，

知音满天下。
梦里高歌气犹酣，
醒来僵卧在床榻。
树已老，春又寒，
枯枝难再发。
不恨树老难再发，
但愿新树长新芽。
挥手告别情何限，
漫山开遍杜鹃花。”

但愿盛戎的艺术和他的对于艺术的忠贞、执着和挚爱能够传下去。

一九八一年

难能最是得从容
——《裘盛戎影集》前言

千秋一净裘盛戎，
遗像宛然沐清风。
虎啸龙吟余事耳，
难能最是得从容。

裘盛戎幼年失学，文化不高，但是对艺术有特殊的秉赋。他的艺术感极好，对剧情、人物理解极深，反应极快，而且表现得非常准确。导演有什么要求，一点就破，和编剧、导演很默契。导过他的戏的导演都说：给盛戎导戏，很省事，不用“阐述”、“启发”这一套，几句话就行了。

---

* 初刊于《新剧本》一九九五年第六期，初收于北师大版《汪曾祺全集》第六卷。

《杜鹃山》（老本）有一场“打长工”，雷刚认为长工和地主是一回事，把长工打了，事后看到长工身上的伤痕，非常后悔。有这样两句唱：

他遍体伤痕都是豪绅罪证，

我怎能在他的旧伤痕上再加新伤痕！

唱腔是流水。练唱的时候我在旁边，说：“老兄，你不能就这样‘数’过去，得有个过程，得真看到伤痕，心里悔恨。”盛戎想了想说：“我再来来。”其实也很简单，他把“旧伤痕上”唱“散了”，加了一个单音的弹拨乐小垫头，然后再回到原尺寸。这样，眼里、心里就都充满仇恨。在场听唱的，齐声说：“好！就是这样！”《杜鹃山》有一稿有一场“烤番薯”。毒蛇胆在山下杀人放火，残害乡亲，雷刚受军纪约束，一时不能下山拯救百姓，心如火焚，按捺不住。山上断粮，只能每人发一个番薯当饭。番薯在火里烤出了香味，勾起雷刚想起乡亲们多年对他的好处：

一块番薯掰两半，

曾受深恩三十年……

盛戎把两句压低了音量，唱得很“虚”，表现出雷刚对乡亲们的思念，既深且远。

盛戎善于运用音色、体形的变化塑造不同的人物。他演的姚期端肃威重，俨然是一位坐镇一方的开国老臣，一位王爷。他演的周处（《除三害》），把开氅往肩上一搭，倚里歪斜地就下了场了，完全是一个痞子，一个天桥耍胳臂的“杂不地”。——这种不从程式而从生活出发塑造人物的方法在花脸里很少见。

盛戎的身体条件不太好，不像“十全大面”金少山那样的魁梧。他比较瘦，但是也有他的优越条件：肩宽，腰细，扮戏很“受装”。他扮出来的《盗御马》的窦尔墩，箭衣板平。这样的箭衣装当得起北京人爱说的一个字：帅。裘派装是很讲究的。盛戎有一件平金白蟒，全用金线，绣的是一条整龙。这件一条龙的平金绣蟒真是美极了，——当然也得看是什么人穿。

盛戎的脸比较瘦削，勾出脸来不易好看，但是他能弥补自己的缺陷。他一般不演曹操，因为曹操的盔头压得低，更显得演员脸小。盛戎勾脸的特点是干净，细致，每一笔都有起落，有交待。姚期的眉子是略有深浅的，不是简单两个圆形的黑点子。包拯两颊揉红，恰到好处，不像有些唱花脸的演员把脸画成了两个大海茄子。即便是窦尔墩的花三块瓦，也是清清楚楚，一笔是一笔，不让人有“乱七八糟”之感。他弥补脸形的诀窍是以神带形，首先要表现出人物的品格气质，这样本来是一般化的脸谱就有了不一般的表情。他演的姚期，透过眼窝还能充分表现出眼神，并且眼神的内涵很丰富。

盛戎的戏也有节奏较快的，如《盗御马》，但是快而不乱。一般人物都演得很从容，不火暴，不论是什么性格，都有一种发自于中的儒雅，即一般常说的“书卷气”。这就提高了人物的品格，增加了人物的深度。花脸而有书卷气，此裘派之所以为裘派，这是寻常花脸所达不到的。

盛戎不大爱活动。他常出来遛个小弯，从西河沿到虎坊桥，脚步较慢，不慌不忙，潇潇洒洒，比许多知识分子更像知识分子，——盛戎曾自嘲，说他是个没有文化的文化人，一个没有知识的高级知识分子。到虎坊桥练功厅略坐一坐，找人聊聊天，功夫不大，就遛达回去了。他的家居生活也比较清简，他不喜欢高朋满座，吵嚷喧哗。偶尔在家请几个熟朋友，菜不过数道，但做得很讲究。有一次请唐在炘、熊承旭和我吃饭，有一盘香菜炒鸡丝。香菜是特供的，香菜肥而极嫩。有一次在鸿宾楼请我吃涮肉，涮的不是羊肉，而是鸿宾楼特为给留下的一块极嫩的牛肉。不要乱七八糟的佐料，只是一碟酱油，切几个蒜片。盛戎这种饮食口味，淡而能浓，存本味，得清香，和他对艺术的赏鉴是相关的。

除了看看报，给儿子拉胡琴吊嗓子，教徒弟，作身段示范，大部分时间盘膝坐在床上一个人捉摸戏。晚年特别重视气口。他说：花脸一句唱得用多少气？年轻时全凭火力壮，现在上了岁数，得在气口上下功夫。他精研气口，深有心得。比如《智取威虎山》李勇奇唱的“扫平那威虎山我一马当先”，一般花脸都唱成“一马——当先”，盛戎说，教我，我唱成这样：“我一马当——先”，“当”字唱在上面，和“一马当”一口气，然后换气，再单独唱“先”，这样“先”字气才显足。他很欣赏《智取威虎山》“同志们语重心长”的“长”字唱断，不拖泥带水。他是唱花脸的，但对程派兴趣很大，认为花脸运腔，可以参考。

盛戎在台上，在平常生活里，都从容不迫，他走得可是过于匆匆了。他去世时才五十六岁，活到今天，也只是八十岁，本来可以留下更多的东西，现在只搜集到不多的图片，可供后人凝眸怀想，是可悲也。

一九九五年九月二日

名优逸事

萧长华

萧先生八十多岁时身体还很好。腿脚利落，腰板不塌。他的长寿之道有三：饮食清淡，经常步行，问心无愧。

萧先生从不坐车。上哪儿去，都是地下走。早年在宫里“当差”，上颐和园去唱戏，也都是走着去，走着回来，从城里到颐和园，少说也有三十里。北京人说：走为百练之祖，是一点不错的。

---

* 初刊于《文汇月刊》一九八一年第二期，题为《艺坛逸事》，作者自校本改为《名优逸事》；初收于北师大版《汪曾祺全集》第六卷，标题从作者所改。

萧老自奉甚薄。他到天津去演戏，自备伙食。一棵白菜，两刀切四爿，一顿吃四分之一。餐餐如此：窝头，熬白菜。他上女婿家去看女儿，问：“今儿吃什么呀？”——“芝麻酱拌面，炸点花椒油。”“芝麻酱拌面，还浇花椒油呀？！”

萧先生偶尔吃一顿好的：包饺子。他吃饺子还不蘸醋。四十个饺子，装在一个盘子里，浇一点醋，特喽特喽，就给“开”了。

萧先生不是不懂得吃。有人看见，在酒席上，清汤鱼翅上来了，他照样扁着筷子夹了一大块往嘴里送。

懂得吃而不吃，这是真的节俭。

萧先生一辈子挣的钱不少，都为别人花了。他买了几处“义地”，是专为死后没有葬身之所的穷苦的同行预备的。有唱戏的“苦哈哈”，死了老人，办不了事，到萧先生那儿，磕一个头报丧，萧先生问，“你估摸着，大概其得多少钱，才能把事办了哇？”一面就开箱子取钱。

三、五反的时候，一个演员被打成了“老虎”，在台上挨斗，斗到热火燎辣的时候，萧先生在台下喊“××，你承认得了，这钱，我给你拿！”

赞曰：

窝头白菜，寡欲步行，

问心无愧，人间寿星。

姜妙香

姜先生真是温柔敦厚到了家了。

他的学生上他家去，他总是站起来，双手当胸捏着扇子，微微躬着身子：“您来啦！”临走时，一定送出大门。

他从不生气。有一回陪梅兰芳唱《奇双会》，他的赵宠。穿好了靴子，总觉得不大得劲。“唔，今儿是怎样搞的，怎么总觉得一脚高一脚低的？我的腿有毛病啦？”伸出脚来看看，两只靴子的厚底一只厚二寸，一只二寸二。他的跟包叫申四。他把申四叫过来：“老四哎，咱们今儿的靴子拿错了吧？”你猜申四说什么？——“你凑合着穿吧！”

姜先生从不争戏。向来梅先生演《奇双会》，都是他的赵宠。偶尔俞振飞也陪梅先生唱，赵宠就是俞的。管事的说：“姜先生，您来个保童。”——“哎好好好。”有时叶盛兰也陪梅先生唱。“姜先生，您来个保童。”——“哎好好好。”

姜先生有一次遇见了劫道的，就是琉璃厂西边北柳巷那儿。那是敌伪的时候。姜先生拿了“戏份儿”回家。那会唱戏都是当天开份儿。戏打住了，管事的就把份儿分好了。姜先生这天赶了两“包”，华乐和长安。冬天，他坐在洋车里，前面挂着棉布帘。“站住！把身上的钱都拿出来！”——他也不知道里面是谁。姜先生不慌不忙地下了车，从左边口袋里掏出一沓（钞票），从右边又掏出了一沓。“这是我今儿的戏份儿。这是华乐的，这是长安的。都在这儿，一个不少。您点点。”

那位不知点了没有。想来大概是没有。

在上海也遇见过那么一回。“站住，把身浪厢值钿（钱）格物事（东西）才（都）拿出来！”此公把姜先生身上搜刮一空，扬长而去。姜先生在后面喊：

“回来，回来！我这还有一块表哪，您要不要？”

事后，熟人问姜先生：“您真是！他走都走了，您干嘛还叫他回来？他把您什么都抄走了，您还问‘我这还有一块表哪，您要不要？’”

姜妙香答道：“他也不容易。”

姜先生有一次似乎是生气了。“文化大革命”，红卫兵上姜先生家去抄家，抄出一双尖头皮鞋，当场把鞋尖给他剁了。姜先生把这双剁了尖、张着大嘴的鞋放在一个显眼的地方。有人来的时候，就指指，摇头。

赞曰：

温柔敦厚，有何不好？

文革英雄，愧对此老。

贯盛吉

在京剧丑角里，贯盛吉的格调是比较高的。他的表演，自成一格，人称“贯派”。他的念白很特别，每一句话都是高起低收，好像一个孩子在被逼着去做他不情愿做的事情时的嘟囔。他是个“冷面小丑”，北京人所谓“绷着脸逗”。他并不存心逗人乐。他的“哏”是淡淡的，不是北京人所谓“胳肢人”，上海人所谓“硬滑稽”。他的笑料，在使人哄然一笑之后，还能想想，还能回味。有人问他：“你怎么这么逗呀？”他说：“我没有逗呀，我说的都是实话。”“说实话”是丑角艺术的不二法门。说实话而使人笑，才是一个真正的丑角。喜剧的灵魂，是生活，是真实。

不但在台上，在生活里，贯盛吉也是那么逗。临死了，还逗。

他死的时候，才四十岁，太可惜了。

他死于心脏病，病了很长时间。

家里人知道他的病不治了，已经为他准备了后事，买了“装裹”——即寿衣。他有一天叫家里人给他穿戴起来。都穿齐全了，说：“给我拿个镜子来。”

他照照镜子：“唔，就这德行呀！”

有一天，他让家里给他请一台和尚，在他的面前给他放一台焰口。

他跟朋友说：“活着，听焰口，有谁这么干过没有？——没有。”

有一天，他很不好了，家里忙着，怕他今天过不去。他瓮声瓮气地说：“你们别忙。今儿我不走。今儿外面下雨，我没有伞。”

一个人能够病危的时候还能保持生气盎然的幽默感，能够拿死来“开逗”，真是不容易。这是一个真正的丑角，一生一世都是丑角。

赞曰：

拿死开逗，滑稽之雄。

虽东方朔，无此优容。

郝寿臣

郝老受聘为北京市戏校校长。就职的那天，对学生讲话。他拿着秘书替他写好的稿子，讲了一气。讲到要知道旧社会的苦，才知道新社会的甜。旧社会的梨园行，不养小，不养老。多少艺人，唱了一辈子戏，临了是倒卧街头，冻饿而死。说到这里，郝校长非常激动，一手高举讲稿，一手指着讲稿，说：

“同学们！他说得真对呀！”

这件事，大家都当笑话传。细想一下，这有什么可笑呢？本来嘛，讲稿是秘书捉刀，这是明摆着的事。自已戳穿，有什么丢人？倒是“他说得真对呀”，才真是本人说出的一句实话。这没有什么可笑。这正是前辈的不可及处：老老实实，不装门面。

许多大干部作大报告，在台上手舞足蹈，口若悬河，其实都应该学学郝老，在适当的时候，用手指指秘书所拟讲稿，说：

“同志们！他说得真对呀！”

赞曰：

人为立言，已不居功。

老老实实，古道可风。

马·谭·张·裘·赵
——漫谈他们的演唱艺术

马（连良）、谭（富英）、张（君秋）、裘（盛戎）、赵（燕侠），是北京京剧团的“五大头牌”。我从一九六一年底参加北京京剧团工作，和他们有一些接触，但都没有很深的交往。我对京剧始终是个“外行”（京剧界把不是唱戏的都叫做“外行”）。看过他们一些戏，但是看看而已，没有做过任何研究。现在所写的，只能是一些片片段段的印象。有些是我所目击的，有些则得之于别人的闲谈，未经核实，未必可靠。好在这不入档案，姑妄言之耳。

描述一个演员的表演是几乎不可能的事。马连良是个

* 初刊于《文汇月刊》一九九〇年第二期，初收于北师大版《汪曾祺全集》第四卷。

雅俗共赏的表演艺术家，很多人都爱看马连良的戏。但是马连良好在哪里，谁也说不清楚。一般都说马连良“潇洒”。马连良曾想写一篇文章：《谈潇洒》，不知写成了没有。我觉得这篇文章是很难写的。“潇洒”是什么？很难捉摸。《辞海》“潇洒”条，注云：“洒脱，不拘束”，庶几近之。马连良的“潇洒”，和他在台上极端的松弛是有关系的。马连良天赋条件很好：面形端正，眉目清朗，——眼睛不大，而善于表情，身材好，——高矮胖瘦合适，体格匀称。他的一双脚，照京剧演员的说法，“长得很顺溜”。京剧演员很注意脚。过去唱老生大都包脚，为的是穿上靴子好看。一双脚膪里咕叽，浑身都不会有精神。他腰腿幼功很好，年轻时唱过《连环套》，唱过《广泰庄》这类的武戏。脚底下干净，清楚。一出台，就给观众一个清爽漂亮的印象，照戏班里的说法：“有人缘儿。”

马连良在作角色准备时是很认真的。一招一式，反复捉摸。他的夫人常说他：“又附了体。”他曾排过一出小型现代戏《年年有余》（与张君秋合演），剧中的老汉是抽旱烟的。他弄了一根旱烟袋，整天在家里摆弄“找感觉”。到了排练场，把在家里捉摸好的身段步位走出来就是，导演不去再提意见，也提不出意见，因为他的设计都挑不出毛病。所以导演排他的戏很省劲。到了演出时，他更是一点负担都没有。《秦香莲》里秦香莲唱了一大段“琵琶词”，他扮的王延龄坐在上面听，没有什么“事”，本来是很难受的，然而马连良不“空”得慌，他一会捋捋髯口（马连良捋髯口很好看，捋“白满”时用食指和中指轻夹住一绺，缓缓捋到底），一会用眼瞟瞟陈世美，似乎他随时都在戏里，其实他在轻轻给张君秋拍着板！他还有个“毛病”，爱在台上跟同台演员小声地聊天。有一次和李多奎聊起来：“二哥，今儿中午吃了什么？包饺子？什么馅儿的？”害得李多奎到该张嘴时忘了词。马连良演戏，可以说是既在戏里，又在戏外。

既在戏里，又在戏外，这是中国戏曲，尤其是京剧表演的一个特点。京剧演员随时要意识到自己的唱念做打，手眼身法步，没法长时间地“进入角色”。《空城计》表现诸葛亮履险退敌，但是只有在司马懿退兵之后，诸葛亮下了城楼，抹了一把汗，说道：“好险呐！”观众才回想起诸葛亮刚才表面上很镇定，但是内心很紧张，如果要演员一直“进入角色”，又表演出镇定，又表演出紧张，那“我本是卧龙岗散淡的人”的“慢板”和“我正在城楼观山景”的“二六”怎么唱？

有人说中国戏曲注重形式美。有人说只注重形式美，意思是不重视内容。有人说某些演员的表演是“形式主义”，这就不大好听了。马连良就曾被某些戏曲评论家说成是“形式主义”。“形式美”也罢，“形式主义”也罢，然而马连良自是马连良，观众爱看，爱其“潇洒”。

马连良不是不演人物。他很注意人物的性格基调。我曾听他说过：“先得弄准了他的‘人性’：是绵软随和，还是干梗倔犟。”

马连良很注意表演的预示，在用一种手段（唱、念、做）想对观众传达一个重点内容时，先得使观众有预感，有准备，照他的说法是：“先打闪，后打雷。”

马连良的台步很讲究，几乎一个人物一个步法。我看过他的《一捧雪》，“搜杯”一场，莫成三次企图藏杯外逃，都为严府家丁校尉所阻，没有一句词，只是三次上场、退下，三次都是“水底鱼”，三个“水底鱼”能走下三个满堂好。不但干净利索，自然应节（不为锣鼓点捆住），而且一次比一次遑急，脚底下表现出不同情绪。王延龄和老薛保走的都是“老步”，但是王延龄位高望重，生活优裕，老而不衰；老薛保则是穷忙一生，双腿僵硬了。马连良演《三娘教子》，双膝微弯，横跨着走。这样弯腿弯了一整出戏，是要功夫的！

马连良很知道扬长避短。他年轻时调门很高，能唱《龙虎斗》这样的工字调唢呐二黄，中年后调门降了下来。

他高音不好，多在中音区使腔。《赵氏孤儿》鞭打公孙杵臼一场，他不能像余叔岩一样“白虎大堂奉了命”，“白虎”直拔而上，就垫了一个字：“在白虎”，也能“讨俏”。

对编剧艺术，他主张不要多唱。他的一些戏，唱都不多。《甘露寺》只一段“劝千岁”，《群英会》主要只是“借风”一段二黄。《审头刺汤》除了两句散板，只有向戚继光唱的一段四平调；《胭脂宝褶》只有一段流水。在讨论新编剧本时他总是说：“这里不用唱，有几句白就行了。”他说：“不该唱而唱，比该唱而不唱，还要叫人难受。”我以为这是至理名言。现在新编的京剧大都唱得太多，而且每唱必长，作者笔下痛快，演员实在吃不消。

马连良在出台以前从来不在后台“吊”一段，他要喊两嗓子。他喊嗓子不像别人都是“啊——咿”，而是：“走唻！”我头一次听到直纳闷：走？走到哪儿去？

马连良知道观众来看戏，不只看他一个人，他要求全团演员都很讲究。他不惜高价，聘请最好的配角。对演员服装要求做到“三白”——白护领、白水袖、白靴底，连龙套都如此（在“私营班社”时，马剧团都发理发费，所有演员上场前必须理发）。他自己的服装都是按身材量制的，面料、绣活都得经他审定。有些盔头是他看了古画，自己捉摸出来的，如《赵氏孤儿》程婴的镂金的透空的员外巾。他很会配颜色。有一回赵燕侠要做服装，特地拉了他去选料子。现在有些剧装厂专给演员定制马派服装。马派服装的确比官中行头穿上要好看得多。

听谭富英听一个“痛快”。谭富英年轻时嗓音“没挡”，当时戏曲报刊都说他是“天赋佳喉”。而且，底气充足。一出《定军山》，“敌营打罢得胜的鼓哇呃”，一口气，高亮脆爽，游刃有余，不但剧场里“炸了窝”，连剧场外拉洋车的也一齐叫好，——他的声音一直传到场外。“三次开弓新月样”、“来来来带过爷的马能行”，也同样是满堂的彩，从来没有“漂”过。——一说京剧唱词不通，都得举出“马能行”，然而《定军山》的“马能行”没法改，因为这里有一个很漂亮的花腔，“行”字是“脑后摘音”，改了即无此效果。

谭富英什么都快。他走路快。晚年了，我和他一起走，还是赶不上他。台上动作快（动作较小）。《定军山》出场简直是握着刀横蹿出来的。开打也快。“鼻子”、“削头”，都快。“四记头”亮相，末锣刚落，他已经抬脚下场了。他的唱，“尺寸”也比别人快。他特别长于唱快板。《战太平》“长街”一场的快板，《斩马谡》见王平的快板都似脱线珍珠一样溅跳而出。快，而字字清晰劲健，没有一个字是“嚼”了的。五十年代，“挖掘传统”那阵，我听过一次他久已不演的《朱砂痣》，赞银子一段，“好宝贝！”一句短白，碰板起唱，张嘴就来，真“脆”。

我曾问过一个经验丰富，给很多名角挎过刀，艺术上很有见解的唱二旦的任志秋：“谭富英有什么好？”志秋说：“他像个老生。”我只能承认这是一句很妙的回答，很有道理。唱老生的的确有很多人不像老生。

谭富英为人恬淡豁达。他出科就红，可以说是一帆风顺，但他不和别人争名位高低，不“吃戏醋”。他和裘盛戎合组太平京剧团时就常让盛戎唱大轴，他知道盛戎正是“好时候”，很多观众是来听裘盛戎的。盛戎大轴《姚期》，他就在前面来一出《桑园会》（与梁小鸾合演）。这是一出“歇工戏”，他也乐得省劲。马连良曾约他合演《战长沙》，他的黄忠，马的关羽。重点当然是关羽，黄忠是个配角，他同意了（这出戏筹备很久，我曾在后台见过制作得极精美的青龙偃月刀，不知因为什么未能排出，如果演出，那是会很好看的）。他曾在《秦香莲》里演过陈世美，在《赵氏孤儿》里演过赵盾。这本来都是“二路”演员的活。

富英有心脏病，到我参加北京京剧团后，就没怎么见他演出。但有时还到剧团来，和大家见见，聊聊。他没有架子，极可亲近。

他重病住院，用的药很贵重。到他病危时，拒绝再用，他说："这种药留给别人用吧！"重人之生，轻己之死，如此高格，能有几人？

张君秋得天独厚，他的这条嗓子，一时无两：甜，圆，宽，润。他的发声极其科学，主要靠腹呼吸，所谓"丹田之气"。他不使劲地磨擦声带，因此声带不易磨损，耐久，"丁活"，长唱不哑。中国音乐学院有一位教师曾经专门研究张君秋的发声方法。——这恐怕是很难的，因为发声是身体全方位的运动。他的气很足。我曾在广和剧场后台就近看他吊嗓子，他唱的时候，颈部两边的肌肉都震得颤动，可见其共鸣量有多大。这样的发声真如浓茶酽酒，味道醇厚。一般旦角发声多薄，近听很亮，但是不能"打远"，"灌不满堂"。有别的旦角和他同台，一张嘴，就比下去了。

君秋在武汉收徒时曾说："唱我这派，得能吃。"这不是开玩笑的话。君秋食量甚佳，胃口极好。唱戏的都是"饱吹饿唱"，君秋是吃饱了唱。演《玉堂春》，已经化好了妆，还来四十个饺子。前面祟公道高叫一声："苏三走动啊！"他一抹嘴，"苦哇！"就上去了，"忽听得唤苏三……"在武汉，住璇宫饭店，每天晚上鳜鱼汆汤，二斤来重一条，一个人吃得干干净净。他和程砚秋一样，都爱吃炖肘子。

（唱旦角的比君秋还能吃的，大概只有一个程砚秋。他在上海，到南市的老上海饭馆吃饭，“青鱼托肺”——青鱼的内脏，这道菜非常油腻，他一次要两只。在老正兴吃大闸蟹，八只！搞声乐的要能吃，这大概有点道理。）

君秋没有坐过科，是小时在家里请教师学的戏，从小就有一条好嗓子，搭班就红（他是马连良发现的），因此不大注意“身上”。他对学生说：“你学我，学我的唱，别学我的‘老斗身子’。”他也不大注意表演。但也不尽然。他的台步不考究，简直无所谓台步，在台上走而已，“大步量”。但是著旗装，穿花盆底，那几步走，真是雍容华贵，仪态万方。我还没有见过一个旦角穿花盆底有他走得那样好看的。我曾仔细看过他的《玉堂春》，发现他还是很会“做戏”的。慢板、二六、流水，每一句的表情都非常细腻，眼神、手势，很有分寸，很美，又很含蓄（一般旦角演玉堂春都嫌轻浮，有的简直把一个沦落风尘但不失天真的少女演成一个荡妇）。跪禀既久，站起来，腿脚麻木了，微蹲着，轻揉两膝，实在是楚楚动人。花盆底脚步，是经过苦练练出来的；《玉堂春》我想一定经过名师指点，一点一点“抠”出来的。功夫不负苦心人。君秋是有表演才能的，只是没有发挥出来。

君秋最初宗梅，又受过程砚秋亲传（程很喜欢他，曾主动给他说过戏，好像是《六月雪》，确否，待查）。后来形成了张派。张派是从梅派发展出来的，这大家都知道。张派腔里有程的东西，也许不大为人注意。

君秋的嗓子有一个很大的特点，非常富于弹性，高低收放，运用自如，特别善于运用“擞”。《秦香莲》的二六，低起，到“我叫叫一声杀了人的天”拔到旦角能唱的最高音，那样高，还能用“擞”，宛转回环，美听之至，他又极会换气，常在“眼”上偷换，不露痕迹，因此张派腔听起来缠绵不断，不见棱角。中国画讲究“真气内行”，君秋得之。

我和裘盛戎只合作过两个戏，一个《杜鹃山》，一个小戏《雪花飘》，都是现代戏。

我和盛戎最初认识是和他（还有几个别的人）到天津去看戏，——好像就是《杜鹃山》。演员知道裘盛戎来看戏，都“卯上”了。散了戏，我们到后台给演员道辛苦，盛戎拙于言词，但是他的态度是诚恳的、朴素的，他的谦虚是由衷的谦虚。他是真心实意地来向人家学习来了。回到旅馆的路上，他买了几套煎饼馃子摊鸡蛋，有滋有味地吃起来。他咬着煎饼馃子的样子，表现了很喜悦的怀旧之情和一种天真的童心。盛戎睡得很晚，晚上他一个人盘腿坐在床上抽烟，一边好像想着什么事，有点出神，有点迷迷糊糊的。不知是为什么，我以后总觉得盛戎的许多唱腔、唱法、身段，就是在这么盘腿坐着的时候想出来的。

盛戎的身体早就不大好。他曾经跟我说过："老汪唉，你别看我外面还好，这里面，——都娄啦[1]！"搞《雪花飘》的时候，他那几天不舒服，但还是跟着我们一同去体验生活。《雪花飘》是根据浩然同志的小说改编的，写的是一个送公用电话的老人的事。我们去访问了政协礼堂附近的一位送电话的老人。这家只有老两口。老头子六十大几了，一脸的白胡茬，还骑着自行车到处送电话。他的老伴很得意地说："头两个月他还骑着二八的车哪，这最近才弄了一辆二六的！"盛戎在这间屋里坐了好大一会，还随着老头子送了一个电话。

《雪花飘》排得很快，一个星期左右，戏就出来了。幕一打开，盛戎唱了四句带点马派味儿的〔散板〕：

"打罢了新春六十七哟，

看了五年电话机。

传呼一千八百日，

1　西瓜过熟，瓜瓤败烂，北京话叫做"娄了"。

舒筋活血，强似下棋！”

我和导演刘雪涛一听，都觉得“真是这里的事儿！”

《杜鹃山》搞过两次。一次是一九六四年，一次是一九六九年，一九六九年那次我们到湘鄂赣体验了较长期的生活。我和盛戎那时都是“控制使用”，他的心情自然不大好。那时强调军事化，大家穿了“价拨”的旧军大衣，背着行李，排着队。盛戎也一样，没有一点特殊。他总是默默地跟着队伍走，不大说话，但倒也不是整天愁眉苦脸的。我很能理解他的心情。虽然是“控制使用”，但还能“戴罪立功”，可以工作，可以演戏。我觉得从那时起，盛戎发生了一点变化，他变得深沉起来。盛戎平常也是个有说有笑的人，有时也爱逗个乐，但从那以后，我就很少见他有笑影了。他好像总是在想什么心事。用一句老戏词说：“满怀心腹事，尽在不言中。”他的这种神气，一直到他死，还深深地留在我的印象里。

那趟体验生活，是够苦的。南方的冬天比北方更难受。不生火，墙壁屋瓦都很单薄。那年的天气也特别，我们在安源过的春节，旧历大年三十，下大雪，同时却又打雷，下雹子，下大雨，一块儿来！盛戎晚上不再穷聊了，他早早就进了被窝。这老兄！他连毛窝都不脱，就这样连着毛窝睡了。但他还是坚持下来了，没有叫一句苦。

和盛戎合作，是非常愉快的。他很少对剧本提意见。他不是不当一回事，没有考虑过，或者提不出意见。盛戎文化不高，他读剧本是有点吃力的。但是他反复地读，盘着腿读。他读着，微微地摇着脑袋。他的目光有时从老花镜上面射出框外。他摇晃着脑袋，有时轻轻地发出一声："唔。"有时甚至拍着大腿，大声喊叫："唔！"

盛戎的领悟、理解能力非常之高。他从来不挑"辙口"，你写什么他唱什么。写《雪花飘》时，我跟他商量，这个戏准备让他唱"一七"，他沉吟着说："哎呀，花脸唱闭口字……"我知道他这是"放傻"，就说："你那《秦香莲》是什么辙？"他笑了："'一七'，好，唱，'一七'！"盛戎十三道辙都响。有一出戏里有一个"灭"字，这是"乜斜"，"乜斜"是很不好唱的，他照样唱得很响，而且很好听。一个演员十三道辙都响，是很难得的。《杜鹃山》有一场"打长工"，他看到被他当作地主奴才的长工身上的累累伤痕，唱道："他遍体伤痕都是豪绅罪证，我怎能在他的旧伤痕上再加新伤痕？"这是一段〔二六〕转〔流水〕，创腔的时候，我在旁边，说："老兄，这两句你不能就这样'数'了过去！唱到'旧伤痕上'，得有个'过程'，就像你当真看到，而且想到一样！"盛戎一听，说："对！您听听，我再给您来来！"他唱到"旧伤痕上"时唱“散”了，下面加了一个弹拨乐器的单音重复的小“垫头”，“登、登、登……”，到“再加新伤痕”再归到原来的“尺寸”，而且唱得很强烈。当时参加创腔的唐在炘、熊承旭同志都说：“好极了！”一九六九年本的《杜鹃山》原来有一大段《烤番薯》，写雷刚被困在山上断了粮，杜小山给他送来两个番薯。他把番薯放在篝火堆里烤着，番薯糊了，烤出了香气，他拾起番薯，唱道：“手握番薯全身暖，勾起我多少往事在心间……”他想起“我从小父母双亡讨米要饭，多亏了街坊邻舍问暖嘘寒”，他想起“大革命，造了反，几次遇险在深山，每到有急和有难，都是乡亲接济咱。一块番薯掰两半，曾受深恩三十年！……到如今，山上来了毒蛇胆，杀人放火把父老摧残，我稳坐高山不去管，隔岸观火心怎安！……”（这剧本已经写了很多年，我手头无打印的剧本，词句全凭记忆追写，可能不尽准确。）创腔的同志对“一块番薯掰两半”不大理解，怕观众听不懂，盛戎说：“这有什么不好理解的？！‘一块番薯掰两半’，有他吃的就有我吃的！”他把这两句唱得非常感动人，头一句他“虚”着一点唱，在想象，“曾受深恩”，“深恩”用极其深沉浑厚的胸音唱出，“三十年”一泻无余，跌宕不已。盛戎的这两句唱到现在还是绕梁三日，使我一想起就激动。这一段在后台被称为“烤白薯”，板式用的是〔反二黄〕。花脸唱〔反二黄〕虽非创举，当时还是很少见。盛戎后来得了病，他并不怎么悲观。他大概已经怀疑或者已经知道是癌症了，跟我说："甭管它是什么，有病咱们瞧病！"他还想唱戏。有一度他的病好了一些，他还是想和我们把《杜鹃山》再搞出来（《杜鹃山》后来又写了一稿）。他为了清静，一个人搬到厢房里住，好看剧本。他死后，我才听他家里人说，他夜里躺在床上看剧本，曾经两次把床头灯的罩子烤着了。他病得很沉重了，有一次还用手在床头到处摸，他的夫人知道他要剧本。剧本不在手边，他的夫人就用报纸卷了一个筒子放在他手里，他这才平静下来。

他病危时，我到医院去看他。他的学生方荣翔引我到他的病床前，轻轻地叫醒他："先生，有人来看你。"盛戎半睁开眼，荣翔问他："您还认得吗？"盛戎在枕上微微点了点头，说了一个字："汪"，随即流下了一大滴眼泪。

赵燕侠的发声部位靠前，有点近于评剧的发声。她的嗓音的特点是：清，干净，明亮，脆生。这样的嗓子可以久唱不败。她演的全本《玉堂春》、《白蛇传》都是一人顶到底。唱多少句都不在乎。田汉同志为她的《白蛇传·合钵》一场加写了一大段和孩子哭别的唱词，李慕良设计的汉调二黄，她从从容容就唱完了。《沙家浜》“人一走，茶就凉”的拖腔，十四板，毫不吃力。

赵燕侠的吐字是一绝。她唱戏，可以不打字幕，每个字都很清楚，观众听得明明白白。她的观众多，和这点很有关系。田汉同志曾说：赵燕侠字是字，腔是腔，先把字报出来，再使腔，这有一定道理。都说京剧是“按字行腔”，实际情况并非如此。一句大腔，只有头几个音和字的调值是相合或接近的，后面的就不再有什么关系。如果后面的腔还是字音的延长，就会不成腔调。先报字，后行腔，自易清楚。当然“报”字还是唱出来的，不是念出来的。完全念出来的也有。我听谭富英说过，孙菊仙唱《奇冤报》“务农为本颇有家财”，“务农为本”就完全是用北京话念出来的。这毕竟很少。赵燕侠是先把字唱正了，再运腔，不使腔把字盖了。京剧的吐字还有件很麻烦的事，就是同时存在两个音系：湖广音和北京音。两个音系随时打架。除了言菊朋纯用湖广音，其余演员都是湖广音、北京音并用。余叔岩钻研了一辈子京剧音韵，他的字音其实是乱的。马连良说他的字音是“怎么好听怎么来”，我看只能如此。赵燕侠的字音基本上是北京音，所以易为观众接受（也有一些字是湖广音，如《白蛇传》的那段汉调。这段唱腔的设计者李慕良是湖南人，难免把他的乡音带进唱腔）。赵燕侠年轻时爱听曲艺，她大概从曲艺里吸收了不少东西，咬字是其一。——北方的曲艺咬字是最清楚的。赵燕侠的吐字清楚，是大家都知道的，但是其中奥秘，还有待研究。

赵燕侠的戏是她的父亲“打”出来的，功底很扎实，腿功尤其好。《大英节烈》扳起朝天蹬，三起三落。“文化大革命”期间，我和她关在一个牛棚内。我们的“棚”在一座小楼上，只能放下一张长桌，几把凳子，我们只能紧挨着围桌而坐。坐在里面的人要出去，外面的就得站起让路。我坐在赵燕侠里面，要出去，说了声“劳驾”，请她让一让，这位赵老板没有站起来，腾的一下把一条腿抬过了头顶：“请！”前几年我遇到她，谈起这回事，问她：“您现在还能把腿抬得那样高么？”她笑笑说：“不行了！”我想再练练功，她许还行。

赵燕侠快六十了，还能唱，嗓子还那么好。

一九九〇年一月九日

看《小翠》，忆老薛

薛恩厚同志年轻时就和《聊斋》有不解缘。他的街坊有一个说评书的，说《聊斋》。此人并无师授，只是在家里看一篇，第二天就去说。老薛常听他说书，也看过他的《聊斋》原本。老薛参军后，曾得几本残缺的石印本《聊斋》，打在背包里，行军休息时便拿出来看。从事戏曲工作后，早有改写《聊斋》故事为戏的想法。他选中的题材，第一个便是《小翠》，第二个是《婴宁》。

老薛想写《小翠》并不只是为了使戏曲舞台上增添一个戏，他是想恢复、尝试、提倡一种戏曲的“样式”——玩笑戏。玩笑戏本是戏曲一枝花，但解放后很少演，新写

---

* 初刊于一九八二年四月四日《戏剧电影报》，初收于人民文学版《汪曾祺全集》第四卷。

的玩笑戏更是几乎没有。在满台都是正剧的时刻，老薛有此想法，更愿身体力行，这是需要一点勇气的。

这个戏的许多设想都是老薛提出来的，比如让小翠扮演淮南王，皇帝用丑扮，最后结束在辨诬闹朝，小翠成人之美以后，飘然而去（删去原著中小翠因打坏花瓶受责，愤然出走等情节）。这些设想决定了这个戏现在的面目。

和老薛合作是非常愉快的。老薛的谦虚是真正的谦虚。我和老薛合作过几个戏。他是领导，但在写戏时他就是一个普通的创作人员。往往是他写初稿，用他的说法是“耪头遍”。别人修改时，容许人家放笔直干，任意驰骋。他在复看改稿时，有些地方要坚持，但态度却是心平气和，一同商量；并不居高临下，以势压人。这种平等待人的作风使人难忘。这说明他在艺术上的私有观念很淡薄。

《小翠》上演了，薛恩厚同志已经离开了我们，人琴之感，岂能或免。但是戏曲舞台上终于试演了一出新的玩笑戏，也许这可以告慰老薛的在天之灵罢。

艺术和人品
——《方荣翔传》代序

方荣翔称得起是裘派传人。荣翔八岁学艺，后专攻花脸，最后归宗学裘。当面请益，台下看戏，听唱片、录音，潜心揣摩，数十年如一日，未尝间断，呜呼，可谓勤矣。荣翔的生理条件和盛戎很接近，音色尤其相似。盛戎鼻腔共鸣好，荣翔的鼻腔共鸣也好。因此荣翔学裘有先天的优势。过去唱花脸，都以“实大声宏”取胜，一响遮百丑，唱花脸而有意识地讲究韵味，实自盛戎始。盛戎演戏，能体会人物的身份、性格，所处的环境，人物关系，运用音色的变化，控制音量的大小，表现人物比较内在的

---

* 初刊于《读书》一九九〇年第三期，初收于北师大版《汪曾祺全集》第四卷。

感情，不是在台上一味地嚷，不扎呼。荣翔学裘，得其神似。

两年前中央人民广播电台录了荣翔几段唱腔，准备集中播放，征求荣翔意见，让谁来做唱腔介绍合适，荣翔提出让我来担任。我听了几遍录音，对荣翔学裘不仅得其声，而且得其意，稍有感受。比如《探皇陵》。《大·探·二》本是一出于史无征的戏，而且文句不通，有些地方简直不知所云，但是京剧演员往往能唱出剧本词句所不曾提供的人物感情。荣翔的《探皇陵》唱得很苍凉，唱出了一个白发老臣的一腔忠义。这段唱腔有一句高腔："见皇陵不由臣珠泪"，荣翔唱得很"足"，表现出一个股肱老臣在国家垂危时的激动。这种激动不是唱词里写出来的，而是演员唱出来的，是文外之情。又如《姚期》。裘盛戎演《姚期》，能从总体上把握人物，把握主题，不是就字面上枝枝节节地处理唱腔、唱法。他的唱腔具有很大的暗示性，唱出了比唱词字面丰富得多的内容。荣翔也能这样。"马杜岑奉王命把草桥来镇，调老夫回朝转侍奉当今"，这本来只是两句叙述性的唱词，本身不带感情色彩。但是姚期深知奉调回朝，是一件非同小可的事，回京后将会发生什么事，无从预料，因此这两句散板听起来就有点隐隐约约的不安，有一种暗自沉吟的意味，这两句平平常常的唱词就不只是叙述一件事，而是姚期心情的流露了。“马王爷赐某的饯行酒”四句流水唱得极其流畅，显得姚期归心似箭，行色匆匆。《铡美案》的唱腔处理是合情合理的。“包龙图打坐在开封府”，荣翔把这句倒板唱得很舒展。下面的原板也唱得平和宛转。包拯一开头对陈世美是劝告，不是训斥，而且和一个当朝驸马叙话，也不宜疾言厉色，盛气凌人。这样才不悖两个人的身份。何况以后剧情还要发展，升堂、开铡，高潮迭起，如果这一段唱得太猛，不留余地，后面的唱就再也上不去了。《将相和》戏剧冲突强烈，这出戏可以演得很火爆，但是盛戎却把它往“文”里演。这是有道理的。廉颇毕竟是一员大将，而且年岁也大了，不能像小伙子似的血气方刚。蔺相如封官，廉颇不服，一个人在家里自言自语的叨咕，但不是暴跳如雷，骂大街。荣翔是全照盛戎的方法来演的。这场戏的写法是唱念交错，每一小段唱后有一段相当长的夹白，这在花脸戏中是不多见的。盛戎把夹白念得很轻（盛戎念白在不是关键的地方往往念得很轻），荣翔也如此。荣翔的念白，除了“难逞英雄也”的音“也”用了较大的胸腔共鸣，其余的地方简直像说话。这样念，比较生活化，也像一个老人的口吻。唱，在音色运用、力度、共鸣和念白不同。这样，唱和念既有对比，又互相衔接，有浓有淡，有柔有刚。盛戎教荣翔《刺王僚》，总是说要“提喽”着唱。所谓“提喽”就是提着气，气一直不塌，出字稍高，多用上滑音。荣翔《刺王僚》唱得有摇曳感，因为这是王僚说梦，同时又有点恍恍惚惚，显得王僚心情不安。京剧而能表现出人物的精神状态，很难得。

我听荣翔的戏不多，不能对他的演唱作一个全面的美学的描绘，只是就这几段唱腔说一点零碎的印象，其中一定有些外行话，愿与荣翔的爱好者印可。

荣翔个头不高，但是穿了厚底，系上胖袄，穿上蟒或扎上靠，显得很威重，像盛戎一样，这是因为他们能掌握人物的气质，其高大在神而不在形。

荣翔文戏武戏都擅长，唱铜锤，也能唱架子，戏路子很宽，这一点也与乃师相似。

在戏曲界，荣翔是一位极其难得的恂恂君子，他幼年失学，但是有很高的文化素养，他在人前话不多，说话声音也较小。我从来没有听他在背后说挖苦同行的损话，也从来没有说过粗鄙的或者下流的笑话。甚至他的坐态都显得很谦恭，收拢两腿，坐得很端正，没有翘着二郎腿，高谈阔论，旁若无人的时候。他没有梨园行的不好的习气，没有“角儿”气。他不争牌位，不争戏码前后，不计较待遇。戏曲界对钱财上看得比较淡，如方荣翔者，我还没有见过第二人。四人帮时期，曾批判“克己复礼”。其实克己复礼并没有什么不好。荣翔真是做到了这一点。荣翔艺品高，和他的人品高，是有关系的。

荣翔和老师的关系是使人感动的。盛戎生前，他随时照顾、执礼甚恭，盛戎生病，随侍在侧。盛戎病危时，我到医院去看他，荣翔引我到盛戎病床前，这时盛戎已经昏迷，荣翔轻轻叫他：“先生，有人看您。”盛戎睁开眼，荣翔问他：“您还认得吗？”盛戎在枕上微微点头，说了一个字：“汪”，随即流下一滴眼泪。我知道他为什么流泪。我们曾经有约，等他病好，再一次合作，重排《杜鹃山》。现在，他知道不可能了。我在盛戎病床前站了一会，告辞退出，荣翔陪我出来。我看看荣翔，真是“哀毁骨立”，瘦了一圈，他大概已经几夜没有睡了。

盛戎去世后，荣翔每到北京，必要到裘家去。他对师娘、师弟、师妹一直照顾得很周到。荣翔在香港演出时，还特地写信给孩子，让他在某一天送一笔钱到裘家去，那一天是盛戎的生日。

荣翔不幸早逝，使我们不但失去一位才华未尽的表演艺术家，也失去一位堪供后生学习的道德的模范，是可痛也。

荣翔的哲嗣立民写了一本《方荣翔传》，征序于我，我对荣翔的为人和艺术不能忘，乃乐为之序。

一九八九年十二月二十五日

第一场在七十六页

马盛龙同志曾说，他能在南方站住脚，多亏了萧（长华）先生所传的三国戏。他说萧先生的剧本很有意思。那时抄剧本大都用四方的帐本。也许第一场在七十六页，第二场在五十三页。他自己记得非常清楚。你有一句词不会，去问他："先生，那一场我有一句记不清了，"他马上告诉你："在四十八页、第九行"，就记得那么清楚。

这是一个发人深思的小故事。

萧先生为什么把他的剧本抄得这样颠颠倒倒的呢？——你偷了他的本子也没有用，看不懂！这是保守么？是的。可是在那种"教会徒弟，饿死师傅"，"宁赠一

---

* 初刊于《京剧艺术》一九八〇年第一期，初收于人民文学版《汪曾祺全集》第九卷。

锭金，不教一句春”的时代，这是完全可以理解的。

萧先生是一个伟大的戏曲教育家。解放以前，以后，他教出了很多好学生，可谓乐育英才，倾囊相赠。他最不保守。他那样的抄写剧本，是不得已。这反映出一个编剧老前辈的愤怒与悲酸。那是一个艺术私有，也是一个艺术上互相掠夺的时代啊。

今天的年轻学员和演员，多不知道旧社会学戏、排戏之不易。他们说：“你就是应该给我排戏，就是应该给我写剧本！”咳咳！

萧先生他自己写的剧本记得那样清楚，说明他的剧本已经烂熟在他的心里，“册子”不过是留一个底而已；说明他对所写的剧本是经过反复推敲，花了心血的。这是他的“家珍”，所以可以“如数”。他的剧本每一句都不是萝卜快了不洗泥，推出门不认货。

我有个朋友，写了一个剧本。刻印的时候，丢了一个第二场。刻印的同志很紧张。他说：“不要紧，我给你们背出来。”

能把自己的剧本背出来，说明写的时候曾经反复推敲，花过心血。

因此，我提倡剧本作者背自己的剧本。

《贵妃醉酒》是京剧么?

这出戏是梅兰芳先生的杰作，唱的是“四平调”，伴奏的乐器是胡琴。它是京剧，这还有问题么?

中国的戏曲分作两大系。一类是曲牌体，如四川高腔，江西的弋阳腔。一类是板腔体，如梆子、京剧。曲牌体是长短句。板腔体字句整齐。七字句，十字句。《贵妃醉酒》是什么体?

“海岛冰轮初转腾；见玉兔，玉兔又转东升。那冰轮离海岛，乾坤分外明。皓月当空。恰便是嫦娥离月宫，奴本嫦娥离月宫。”

这是什么体?

---

* 初刊于一九八一年五月十日《北京戏剧报》，署名“曾岐”，初收于人民文学版《汪曾祺全集》第九卷。

“长空（啊）雁，雁儿飞，哎呀雁儿呀，雁儿并飞腾。闻奴的声音落花阴。这景色撩人人欲醉，不觉来到百花亭。”

这是什么体？

“去也，去也，回宫去也。恼恨李三郎，竟自把奴撇，撇得奴挨长夜。只落得冷清清回宫去也。”

这是什么体？

单看唱词，你会觉得这不是一个京剧的剧本。“皓月当空”，“长空（啊）雁，雁儿飞，哎呀雁儿呀……”这样的唱腔的处理，也是一般京剧所没有的。

这是个奇怪而有趣的现象。

《醉酒》本不是京剧。许姬传、朱家溍在《梅兰芳的舞台艺术》里引溥西园、曹心泉说：“从前没见过京班演《醉酒》。光绪十二年（一八八六年）七月间，有一位演花旦的汉剧演员吴红喜，艺名叫‘月月红’，到北京搭班演唱，第一天就唱《醉酒》。月月红把这出戏唱红了，大家才跟着演唱《醉酒》”。月月红是汉剧演员。他到北京搭班，所搭的当是京班。所唱的当是汉剧，——他不会一进京就改京剧。那么，《醉酒》本是汉剧。

“大家才跟着演唱”，这“大家”里就有路三宝、余玉琴、郭际云等人。路三宝等人看来没有把月月红的剧本和唱腔加以改变——至少，改变不大。路三宝唱的仍然是汉剧。梅先生这出戏是跟路三宝学的。虽然删汰了一些不健康的东西，在艺术上有新的创造。但是路子还是路三宝的路子。梅先生是在京剧舞台上演了一出汉剧。

那么，《醉酒》是不是就是汉剧？

也不是的。

这出戏的历史很长了。在没有京剧以前，甚至没有汉剧以前就有了。

据许姬传、朱家溍考查，清代的曲谱《太古传宗》里有一出《醉杨妃》，唱词和现在的《醉酒》几乎完全相同。《纳书楹曲谱》补遗里也有同样的《醉杨妃》。《纳书楹》成书在乾隆年间，距今二百余年。《太古传宗》编订在康熙年间，距今已经有三百多年。

以上两书都是昆曲曲谱。两书把《醉杨妃》都标为“时剧”。所谓“时剧”，多是民间的无名作者的作品。标出来，以示与传奇的大家作品有别。在曲调上也更为自由而委婉。比如现在还常唱的《思凡》，原来也标为“时剧”。时剧与正统的昆曲都是长短句的曲牌体，和昆曲同属一系。演唱“时剧”的，都是昆班。乾隆年间常演《醉杨妃》的“保和部”，就是昆剧班子。到后来，“时剧”和昆剧的界限已经泯除。比如《思凡》，现在谁不说它是昆曲呢？

值得注意的是《醉杨妃》的唱词和今天的《贵妃醉酒》几乎完全一样。这是一个很值得深思的问题。

《贵妃醉酒》是一个活化石。它让我们看得到三百多年以前的“时剧”的某些痕迹。

《贵妃醉酒》是从曲牌体过渡到板腔体的过程中的一座桥梁。有人说板腔体源出于曲牌体，是有道理的。

这就奇怪了：一个板腔体的剧种能够原封不动地演出曲牌体的剧本！

月月红、路三宝、梅兰芳他们都没有削足适履，没有删削原来的唱词以迁就汉剧、京剧的唱腔；而是变化唱腔以适应原来的唱词，——也必然保留不少原来曲牌的唱腔。这是一条很重要的经验。

《贵妃醉酒》的唱词和唱腔比起今天的许多京剧还要新鲜、活泼得多。为了京剧形式的推陈出新，我主张可以允许有“返祖”现象，不妨向昆剧、向“时剧”取回一点东西。总有一天，我们会打破曲牌体和板腔体的藩篱，并从民歌中吸取养料，创造出一种新的民族歌剧。

尊　丑

从前的戏班子里，在演员化妆时，必得唱丑的演员先在鼻子上涂一点白，然后别的演员才敢上妆。据说这是因为唐明皇是唱丑的。唐明皇唱戏，史无明文。至于他是不是唱丑，更是无从稽考。大概是不可能的，因为戏曲在唐代尚未成型。那么这规矩是怎么来的呢？我以为这无非是对于丑角的一种尊重。

四川菜离不开郫县豆瓣，湖南人喝茶离不开一把芝麻几片姜，北京人吃面条离不开蒜瓣；戏曲没有丑，就会索然寡味了。

一个剧种的品格高低，相当程度内决定于该剧种丑角

---

* 初刊于一九八一年四月十二日《北京戏剧报》，初收于人民文学版《汪曾祺全集》第九卷。

艺术的高低。五十年代，川剧震动了北京，原因之一，是他们带来了一批使人耳目一新的丑戏。正因为有刘成基、周企何、周裕祥、李文杰……这样一些多才多艺的名丑，川剧才成其为川剧。

世界上很多伟大的演员都是丑角。看了法国电影《莫里哀》，我才知道：哦，原来莫里哀的喜剧当初是那样演的。莫里哀原来是个丑角。他的声调、动作都是那样夸张而怪诞，脸上涂着厚厚的白粉，随着剧烈的肌肉动作，一片一片地往下掉。这不是丑角是什么？卓别林创造了“含泪的笑”的别具一格的丑角。我觉得布莱希特在《高加索灰阑记》里演的那个法官，在酒醉中清醒，糊涂中正直，荒唐中维护了正义，这样一个滑稽玩世的人物，应该算是丑角。

丑角往往是一个剧本的解释者。不管这个人物多么不重要，他多少总直接地表现了剧作者的思想、气质。川剧的很多丑角都是导演，这是个引人深思的问题。我希望从丑角里产生自编、自导、自演的人才。莫里哀、卓别林、布莱希特自己演他们戏里的关键人物，这不是偶然的。

丑角人才难得。

丑角必须是语言艺术家，他要对语言有一种特殊的敏感，能够从普通的语言中挖掘出其中的美。

丑角得是思想家。他要洞达世态人情，从常见的生活现象中看到喜剧因素。他要深思好学，博览群书。侯宝林的相声所以比别人高出一头，因为他读书。

我希望戏曲学校在招生时把最聪明的学生分到丑行。然而谁来教他们呢？……

读剧小札

玉 堂 春

起解前大段反二黄前面苏三和崇公道有几句对白，苏三说：“如此老伯前去打点行李，待我辞别狱神，也好趱路”，有些演员把“辞别狱神”改成了“待我辞别辞别”，实在没有必要。原来的念白，让我们知道监狱里有一尊狱神，犯人起解前要拜别狱神，这是规矩。这可以使后来的观众了解一点监狱的情况，这个细节是很真实的。而且苏三的唱词是向狱神的祷告，这样苏三此时的思想情绪，她的忧虑和希望，也才有个倾诉的对象。改成“辞别辞别”，

---

* 初刊于《新剧作》一九九二年第三期，初收于北师大版《汪曾祺全集》第五卷。

跟谁辞别？跟同监的难友？但唱词不像和难友的交流。

去掉狱神，想必因为这是迷信。怎么会是迷信呢？狱神是客观存在。这出戏并未渲染神的灵验，不是宣传迷信。五十年代改戏，往往有这种简单化的做法，一提到神、鬼，就一刀切掉，结果是损伤了生活的真实。

起解唱词好像有点前后矛盾。“苏三离了洪洞县，将身来在大街前”，已经离了洪洞县了，怎么又来在大街前呢？前面唱过“离了洪洞县”了，后面怎么又唱“低头出了洪洞县境”？只能这样解释：“离了洪洞县”是离了洪洞县衙，后面“低头出了洪洞县境”是出了洪洞县城。大街是十字街，这样苏三才能跪在当街，求人带信给王金龙。出了城，来往的人少了，崇公道才能给苏三把刑枷去掉。这是合理的。洪洞县在太原南面，苏三、崇公道出的是洪洞县北门。我曾到洪洞县看过（假定苏三故事是出在洪洞县的），地理方向大致不错。

流水板唱词有两句：“人言洛阳花似锦，偏我来时不逢春”很多人不解所谓。这里不是洛阳，也没有花。这是罗隐的诗。苏三唱此，只是说不凑巧而已。罗隐诗很通俗，苏三读过或唱过，即景生情，移用成句，是有可能的。

西皮慢板第三四句的唱词原来是“想当初在院中缠头

似锦”改成了“艰苦受尽”。“缠头似锦”和“罪衣罪裙”是今昔对比。“艰苦受尽”和“罪衣罪裙”在意思上是一顺边。改戏的人大概以为凡是妓女，都是很“艰苦”的，但是玉堂春是身价很高的名妓呀！或者以为苏三不应该留恋过去的生活，她应该控诉旧社会！

《玉堂春》（“三堂会审”）是一场非常别致的戏。京剧编剧有两大忌讳。一是把演过的情节再唱一遍，行话叫做“倒粪”；一是没有动作，光是一个人没完没了地唱。《玉堂春》敢冒不韪，知难而进。苏三把过去的事情从头至尾历数了一遍。唱词层次非常清楚。唱腔和唱词情绪非常吻合。这场戏运用了西皮的全部板式，起伏跌宕，有疾有徐，极为动听。《玉堂春》和《四郎探母》的唱腔是京剧唱腔的两大杰作。苏三的外部动作不多，但是内心活动很丰富。整场戏就是一个人跪在下面唱，三个问官坐在上面听，但是四个人都随时在交流，一丝不懈。这样的处理，在全世界的戏剧中实为仅见。戏曲十分重视演员和观众的交流。这场戏有一个聪明的调度——“脸朝外跪”。本来朝上回话，哪有背向问官的道理呢？这是为了使观众听得真凿，看得清楚。这跟《四郎探母》的“打坐向前”是一个道理。无缘无故的，叫丫环打坐向前干什么？

《玉堂春》有两句白和唱：“头一个开怀是哪一个？”

——“十六岁开怀是那王……王公子”。有人把“开怀”改成了“结交”。这是干什么？“开怀”是妓院里的行话，也并不“牙碜”。下面还有两句唱“不顾腌臜怀中抱，在神案底下叙一叙旧情”。一个演员唱这出戏，把这两句删掉了，想是因为这是黄色。一个妓女这样表达感情，是很自然的。只要演唱得不过于绘形绘色，我看没有什么不可以。

《玉堂春》是谁改的？可能是朱熹。

四进士

两个差人受田伦之命到信阳州道台衙门顾读处下书行贿，住在宋士杰店中。宋士杰偷拆了书信，套写在衣襟之上。第二天早晨，差人起来，跟宋士杰说：“跟您借一样东西”，宋士杰接口就说：“敢莫是坛子？”旧时行贿，不能大明大白把银子送去，多是把银子放在酒坛里，装着送的是酒，好遮人耳目。这一套，宋士杰门儿清，所以立即就问：“敢莫是坛子？”这一细节，表现出宋士杰对官场积弊了如指掌，是个成了精的老吏。两个差人回了一句：“你倒是老在行！”这里，差人应该有点表演，先表现出惊愕，再表现心照不宣。宋士杰微微一笑。这样这个细节才突出。通常演出，差人无表情，只是平平说过。这样这个细节就“兀突”了。演差人的两个丑角大概也不知道这是什么意思。剧作者表现宋士杰的性格的这一小小闲笔也就被观众忽略了，可惜！

顾读的师爷上场念了一副对子：“清早起来冷嗖嗖，吃了泡饭热呵呵”。许多演师爷的丑角演员只是随师傅照葫芦画瓢地念，不知念的是什么。师爷是绍兴人，念的是绍兴话。早上起来吃泡饭，这也很有绍兴特点。师爷拿走田伦贿赂顾读的银子，唱了两句：“三百两银子到我手，管他丢官不丢官！”曲调是绍兴高调。从前上海有个专演师爷的丑，唱这两句绍兴味很足。这位演员在下场前还有几句念白：“我拿了银子回家去卖霉干菜去哉！”霉干菜是绍兴特产，上海人多知道，所以听了都大笑。北京观众无此反应。

从前唱丑的都要会说几种方言。比如《荡湖船》是要念苏白的。后来唱丑的大都不会了。只有《打砂锅》还念山西话，《野猪林》里的解差说山东话。丑应该会说几个省的方言，否则叫什么丑呢。

一九九二年三月二十二日

从戏剧文学的角度看京剧的危机

京剧的确存在着危机。从文学史的发展，从它和杂剧、传奇所达到的文学高度的差距来看；从它和“五四”以来新文学发展的关系来看；从它和三十年来的其他文学形式新诗、小说、散文的成就特别是近三年来小说和诗的成就相比较来看，京剧是很落后的。

决定一个剧种的兴衰的，首先是它的文学性，而不是唱做念打。应该把京剧和艾青的诗，高晓声、王蒙的小说放在一起比较一下，和话剧《伽利略传》比较一下，这样才能看出问题。不少人感觉到并且承认京剧存在着危机，一个重要的现象是观众越来越少了，尤其是青年观众少了。京剧脱离了时代，脱离了整整一代人。

---

* 初刊于《人民戏剧》一九八〇年第十期，初收于《晚翠文谈》。

很多人说，中国的戏曲在世界戏剧中有自己独特的地位，有它自成一套的体系。但是中国戏曲的体系究竟是什么呢？到现在还没有人说出个所以然来，我希望有人能迅速写出几本谈中国体系的书，这样讨论问题时才有所依据。否则你说你写的是一个戏曲剧本，他说不是，是一个有几段台词的什么别的东西；你说你继承了传统，他说你脱离了传统，聚讼纷纭，莫衷一是。弄清了体系，才能发展京剧。为了适应四个现代化，我认为京剧本身有个现代化的问题。

我认为所有的戏曲都应该是现代戏。把戏曲区别为传统戏、新编历史戏和现代戏是不科学的。经过整理加工、加工得好的传统戏，新编的历史题材的戏，现代题材的戏，都应该是“现代戏”。就是说：都应该具有当代的思想、符合现代的审美观点、用现代的方法创作，使人对当代生活中的问题进行思索。整理传统戏、新编历史剧和现代戏，只是题材的不同，没有目的和方法的不同。不能说写现代题材用一种创作方法，写历史题材是用另一种创作方法。

但是大量的未经整理的京剧传统戏所用的创作方法是陈旧的。从戏剧文学的角度来看，传统京剧存在这样一些问题：

一、陈旧的历史观。传统戏大部分取材于历史，但严格来讲，它不能叫做历史剧，只能叫做“讲史剧”。宋朝说话人有四家，其中有一家叫“讲史”。中国戏曲对于历史的认识也脱不出这些讲史家的认识。中国戏曲的材料，往往不是从历史，而是从演义小说里找来的，很多是歪曲了历史的本来面目的，我们今天的一个艰巨任务就是还历史以本来面目。这首先就要创作出大量的历史题材的新戏，把一些老戏代替掉。比如诸葛亮这个人，是个伟大的政治家、军事家；他一生的遭遇也很有戏剧性。大家都知道他的一句名言：“鞠躬尽瘁，死而后已”，这是两句很沉痛的话，他是在一种很困难的环境中去从事几乎没有希望的兴国事业的，本身就带有很大的悲剧性。我们为什么不可以脱掉他身上的八卦衣写一个历史上真正的诸葛亮呢？另一个任务是对传统戏加工整理。这种整理是脱胎换骨，点石成金，化腐朽为神奇的工作，在某种程度上它比新创作一个历史题材的戏的难度还要大一些，从这个角度上说中国戏曲是一个大包袱，我以为是很有道理的。也许我说得夸张一些，从原则上讲，几乎没有一出戏可以原封不动地在社会主义舞台上演出。

二、人物性格的简单化。中国戏曲有少数是写出深刻复杂的人物性格的，突出的例子是宋士杰，宋士杰真正够得上是一个典型。十七年整理传统戏最成功的一出是《十五贯》，我以为这是真正代表十七年戏曲工作成就的一出戏，它所达到的水平，比《将相和》、《杨门女将》更高一些，因为它写了况钟这样一个人物，写得那样具体，那样丰富，不带一点概念化和主题先行的痕迹。其余的人物也都写得有特色，可信。但可惜像宋士杰、况钟这样的典型在中国戏曲里是太少了。这和中国戏曲脱胎于演义小说是有关系的。演义小说一般只讲故事，很少塑造人物。戏曲既然多从演义小说中取材，自然也会受到影响，这是不奇怪的。欧洲文艺复兴前后的小说，也多半只是讲故事，很少有人物性格。着重描写人物，刻画他的内心世界，这是十八、十九世纪以后的事。今天，写简单的人物性格，类似写李逵、张飞、牛皋的戏，也还有人要看，比如农民。但是对看过巴尔扎克等小说的知识青年，这样简单化的性格描写是满足不了他们的艺术要求的。

是否中国人的性格，或者说中国古人的性格本来就简单呢？也不是。比如汉武帝这个人的性格就相当复杂。他把自己的太子逼得造了反，太子死后，他又后悔，盖了一座宫叫“思子宫”，一个人坐在里面想儿子。历史上有性格的人很多，这方面的题材是取之不尽的。

对历史剧鼓励、提倡什么题材，会带来概念化和主题先行，往往会让某一段历史生活或某一个历史人物去注解这个主题。十七年戏曲工作的缺点之一，就是鼓励、提倡某些题材，因而使题材狭窄了，带来概念化和主题先行的后果。这种倾向，即使在比较优秀的剧目中也在所难免。题材，还是让作者自己去发现，他看了某一段记载，欣然命笔，才能写出才华横溢的作品。十七年，我们对历史剧的创作方法上还有一个误会，就是企图在剧本里写出某个人物在历史上的作用，这实际上是在写史论，而不是写剧本。我认为，“作用”是无法表现的，只能由后代的历史学家去评价，剧本里只能写人物，写性格。

人物性格总是复杂的，简单的性格同时也是肤浅的性格，必然缺乏深度。现在有些清官戏、包公戏，做了错事自我责备的一些戏，说了一些听起来很解气的话，我以为这样的戏只能快意于一时，不会长久，因为人物性格简单。

三、结构松散。有些京剧的结构很严谨，如《四郎探母》。但大多数剧本很松散。为什么戏曲里有很多折子戏？因为一出戏里只有这几折比较精彩，全剧却很松散，也很无味。今天的青年看这种没头没尾的折子戏，是不感兴趣的。我曾想过，很多优秀的折子戏，应该重新给它装配齐全，搞成一个完整的戏，但是这工作很难。

四、语言粗糙。京剧里有一些语言是很不错的。比如《桑园寄子》的“走青山望白云家乡何在”，真是有情有景。《四郎探母》的唱词也是写得好的，“见娘”的 [倒板]、[回龙]、[二六] 的唱词写得很动人，“每日花开儿的心不开”真是恰到好处，这段唱和锣鼓、身段的配合，简直是天衣无缝。《打渔杀家》出门和上船后父女之间的对白，具有生活气息，非常感人。宋士杰居然唱出了“宋士杰与你是哪门子亲”这样完全口语化的唱词，老艺人能把这句唱词照样唱出来，而且唱得这样一波三折，很有感情，真是叫人佩服。但是这样的唱词念白在京剧里不多，称得上是剧诗的唱念尤少。

京剧的语言和《西厢记》、《董西厢》是不能比的，京剧里也缺少《琵琶记》“吃糠”和“描容”中那样真切地写出眼前景、心中情的感人唱词。传奇的唱词写得空泛一些，但是有些可取的部分，京剧也没有继承下来。京剧没有能够接上杂剧、传奇的传统，是它的一个很大的先天性的弱点。

京剧的文学性比起一些地方大戏，如川剧、湘剧，也差得很远。

京剧缺少真正的幽默感，因此缺乏真正的喜剧，川剧里许多极有趣的东西，一移植为京剧就会变成毫无余味的粗俗的笑料。

京剧也缺少许多地方小戏所特具的生活气息，可以这样比喻：地方戏好比水果，到了京剧就成了果子干；地方戏是水萝卜，京剧是大腌萝卜，原来的活色生香，全部消失。

“四人帮”尚未插手之前的现代戏创作中，有的剧作者曾有意识地把从生活中来、具有一定生活哲理的语言引进京剧里来，比如《红灯记》里的“里里外外一把手，穷人的孩子早当家”，《沙家浜》里的“人一走，茶就凉”等，这证明京剧还是可以容纳一些有生活气息、比较深刻的语言的。可惜这些后来都被那些假大空的豪言壮语所取代了。

京剧里有大量不通的唱词，如《花田错》里的“桃花更比杏花黄”，《斩黄袍》里的“天做保来地做保，陈桥扶起龙一条”，《二进宫》的唱词几乎全不通。我以为要挽救京剧，要提高京剧的身价，要争取青年尤其是知识青年观众，就必须提高京剧的语言艺术，提高其可读性。巴金同志看了曹禺同志的《雷雨》说：“你这个剧本不但可以演，也是可以读的。”我们不赞成只能供阅读，不能供搬演的“案头剧本”，也不赞成只能供场上搬演，而不能供案头阅读的剧本。可惜这种既能演又能读的剧本现在还不多。

《人民文学》可以发表曹禺的《王昭君》，为什么不能发表一个戏曲剧本呢？戏曲剧作者常常说自己低人一等，被人家看不起。当然这种社会风气是不公平的，但戏曲剧作者自己也要争气，把剧本的文学性提得高高的，把词儿写得棒棒的，叫诗人、小说家折服。

很多同志对现代戏很关心，认为困难很大。我对现代戏倒是比较乐观的，因为它没有包袱。我以为比较难解决的倒是传统戏，如果传统戏的问题，即陈旧的历史观，陈旧的创作方法，人物性格的简单化的问题解决了，则现代戏的问题也比较好解决。如果创作方法不改变，京剧不但表现现代题材有困难，真正要深刻地表现历史题材也有困难。

我认为京剧确实存在危机，而且是迫在眉睫。怎样解决，我开不出药方。但在文学史上有一条规律，凡是一种文学形式衰退了的时候，挽救它的只有两种东西，一是民间的东西，一是外来的东西。京剧要向地方戏学习，要接受外国的影响，我主张京剧院团把门窗都打开，接受一点新鲜空气，借以恢复自己的活力。

正视危机才能走出危机

纪念徽班进京二百周年活动，搞得很热闹，规模很大、很隆重，对戏曲发展，对弘扬民族文化、继承民族文化传统，会有推动作用。但是，还有许多工作要做。如果这么热闹一场就过去，可能削弱其现实作用。

京剧有危机，不景气。最现实的问题表现在京剧观众不多。谈振兴京剧，首先有一个政策问题要解决。比如京剧演员的待遇普遍太低。在这种情况下，有些表演团体是令人佩服的，如上海昆剧院。上昆演员对昆曲艺术充满了一种很难想象的热情。他们虽然收入微薄，但对艺术的追求是那么坚定，境界很高。

---

* 初刊于《瞭望》一九九一年第七—八期，初收于人民文学版《汪曾祺全集》第十卷。

有同志提出，建立新的更加具体的文艺方针；对理论性、学术性的问题进行探讨。传统剧目、原封不动地演下去，不行。这包括思想内容、艺术形式两方面的问题。所有传统戏都应该用现代观点重新处理。不论传统剧，新编历史剧，还是现代戏，只要经过了现代人的加工、整理、演出，即是现代戏。今日的京剧只有历史题材与现实题材之分。而对于生活的认识、观察、表现，从思想内容到艺术手法，已汇入了现代气息。现代人写、现代人看、现代人演。许多戏在长期演出中，经演员有意无意地进行了改造，都加进了现代意识。

重新整理传统戏，有助于延续其内在生命力。经过多年思索，我提出一种继承传统戏的想法：小改而大动。保留有代表性的、比较精彩的唱念部分，使其不失原有风貌，在思想内容的关键之处，注入现代思想。我认为，对传统戏要更多地强调它的认识作用；认识祖国的历史。如果这样，我们欣赏传统戏的路子就会宽广得多。

我们对祖国戏剧的美学意义研究尚少。京剧是高度综合的艺术。尤其在表演形式上有很新鲜的东西超过了普通的现实主义表现手法。京剧的“唱”，更逾越了其他戏曲。但京剧的某些形式也含落后成分。如松散、无情节、缺乏丰富的人物形象，按演义小说结构单调发展。今天年轻人不喜欢京剧，不仅因为唱腔节奏慢，而且整个情节进展节奏缓慢。另一个重要方面是语言障碍。对此，我认为观众应该多迁就演员，逐步接受和习惯京剧这种艺术形式。不妨可以采取些强制性手段。在台湾，文学课本中就安排了京剧内容，而我们却没有更多地把“国剧”介绍给青年一代。俗话说“生书熟戏”，经常性地接触，可以培养人们对京剧的兴趣。

京剧完全能够表现现代生活。但要舍弃一些东西、丰富一些东西，解决传统戏剧表演程式与现代生活习惯的诸多不谐调。京剧现代戏，我以为有这样几个方面需要研究：生活动作的舞蹈化；生活语言的音乐化；从生活出发创造富有想象、新鲜奇妙的表现手法；适当吸收、合理使用古代舞蹈、武打动作……。对以上这些有了深入的理解，现代戏才能既有现代生活气息，又不失京剧艺术的韵味。

我国戏剧史上，剧本创作对某个剧种的兴盛产生过不可低估的影响。关汉卿、王实甫等剧作家为后世留下过不朽名作。然而，在京剧的发展过程中，却几乎没有留下专业编剧的痕迹，以至结构很完整的《群英会》也无编剧可考。改编或新编历史剧，很重要的一环是编剧的质量。京剧面临的课题是，如何写出丰富、复杂、多面的人物。优秀的编剧除谙熟京剧外，还要熟悉舞台和表演。改编、新编历史剧也必须有现代生活的积累。要训练用韵文思维，并注意适合不同演员的特长。

最后谈谈演员。应该说这一代京剧演员在艺术上的成就与上一代比存在很大差距。京剧演员艺术质量下降，可以找到如下一些原因：演员局限于只学习老师的东西，缺少自己的创造和发展；老师教学生也只囿于自己的流派。我想，提高演员的文化素质、艺术修养是当务之急，只有这样，京剧演员才可能在前辈人艺术成就的基础上攀越新的高峰。

京剧现状，冰冻三尺，非一日之寒，前途好坏，实难预料。自然，只有正视危机，才能走出危机。

动人不在高声

《打渔杀家》萧恩过江时的［哭头］“桂英儿呀”，是很特别的。不同于一般［哭头］的翻高，走了一个低腔。低腔的［哭头］在京剧里大概只此一个，它非常生动地表现了人物的悲怆心情。据徐兰沅先生说，这是谭鑫培从梆子的［哭头］变过来的。谭鑫培不愧是谭鑫培！

这才叫“创腔”。

《四郎探母》的唱腔堪称一时独步。那么大一出戏，“西皮”到底。然而，就好像是菊花，粉白黛绿，各不相重。即以“见娘”来说，“老娘亲请上受儿拜”，这句唱腔是任何一出戏里所没有的：［哭头］之后，接一个回肠荡

---

* 初刊于一九八一年三月二十九日《北京戏剧报》，署名“曾岐”，初收于北师大版《汪曾祺全集》第六卷。

气的 [回龙]；在“老娘亲”的高腔之后，“请上”走了一个很低的腔，犹如一倾瀑布从九天上跌落而下，真是哀婉情深。

这才叫“创腔”。

学唱梅派戏的人都知道，梅先生的每一出新戏，都有低腔。梅先生的低腔最难学，也最好听。

近来安腔，大都往高里走，自有“样板戏”以来，此风尤甚。高，且怪。好像下定决心，非要把演员的嗓子唱坏了不可。

其实，动人不在高声。

应该争取有思想的年轻一代
——关于戏曲问题的冥想

戏曲（我这里主要说的是京剧）不景气，不上座，观众少，原因究竟何在？我认为，根本的原因是：它太陈旧了。

戏曲的观众老了。说他们老，一是说他们年纪大了，二是说他们的艺术观过于陈旧。中国虽有“高台教化”的说法，但是一般观众（尤其是城市观众）对于真和善的要求都不是太高，他们看戏，往往只是取得一时的美的享受，他们较多注重的是戏曲的形式美（包括唱念做打）。因此，中国戏曲最突出的东西，也就是形式美。相当多的戏曲剧目的一个致命的弱点，是缺乏思想，——能够追上现代思潮的新的思想。戏曲落后于时代，这是无法否认的

* 初刊于《新剧本》一九八五年第一期，初收于《晚翠文谈》。

事实。

戏曲的观众需要更新。老一代的观众快要退出剧场，也快要退出这个世界了。戏曲需要青年观众。

但是青年爱看戏曲的很少。

什么原因？

有人说青年人对戏曲形式不熟悉。有这方面的原因。单是韵白，年轻人就听着不习惯。板腔、曲牌，他们也生疏。但是形式不是那样难于熟悉的。有一个昆曲剧院到北大给学生演了两场，看的青年惊呼：我们祖国还有这样美好的艺术！青年的艺术趣味在变。他们对流行歌曲已经没有兴趣。前二年兴起的一阵西洋古典音乐热，不少人迷上了贝多芬。现在又有人对中国的古典艺术产生兴趣了。中国戏曲既然具有那样独特的形式美，它们是能够征服年轻人的。并且由于青年的较新的审美趣味，也必然会给戏曲的形式美带来新的风采。

有人说，因为戏曲的节奏太慢，和现代生活的节奏不合拍，年轻人看起来着急。这也有点道理。但是生活的节奏并不能完全决定艺术的节奏。而且如果仅仅是节奏慢的问题，那么好办得很，把节奏加快就行了。事实上已经有人这样做。去掉废场子、废锣鼓，把慢板的尺寸唱得近似快三眼，不打“慢长锤”……但是这不能解决根本问题。

要争取青年观众，首先要认识青年，研究当代青年的特点。

我们的青年是思索的一代，理智的一代。他们是热情的，敏锐的，同时也是严肃的，深刻的。不少人具有揽辔澄清，以天下为己任的心胸，戏曲应该满足他们的要求。

当然首先应该多演现代戏。这不是那种写好人好事的现代戏。企图在舞台上树立几个可供青年学习的完美的榜样的想法是天真的。青年希望在舞台上看到和他们差不多的人，看到他们自己。写一个改革者不能只是写出他怎样大刀阔斧地整顿好一个企业。青年人从他们切身的感受中，知道事情绝不那样简单。法律面前人人平等，是一个迫切地需要宣传的思想，但是不能只是写出一个具有法制思想的正面人物，写出一个概念。一个企图体现这样思想的人必然会遇到许多从外部和内部来的阻力、压力、痛苦。现代时兴一个词语，叫做“阵痛”。任何新的事物的诞生，都要经过阵痛。年轻人对这种阵痛最为敏感。他们在看戏的时候，希望体验到这种阵痛，同时，在思索着，和剧中人一起在思索着。没有痛苦，就没有思索。轻松的思索是没有的。而真正的欢乐，也只有通过痛苦的思索才能得到，由痛苦到欢乐的人物性格必然是复杂的，他们的心理结构是多层次的，他的思想是丰富的。从某种意义上说，每个改革者都是一个思想家，或者简单一点说，是个有头脑的人。这对于戏曲来说是有困难的。戏曲一般不能有这样大的思想容量；以“一人一事”为主要方式的戏曲结构也不易表现复杂的性格。这是戏曲改造的一个难题，但又是一个必须克服的难题。否则戏曲将永远是陈旧的。

历史剧的作用不可忽视。中国戏曲长于表现历史题材，这是一种优势。但是大部分戏曲都把历史简单化了。我发现不少青年人对历史产生了浓厚的兴趣。这是很自然的。他们思索着许多问题，他们要了解我们这个民族，这个民族的现状、未来，自然要了解这个民族的性格是怎样形成的，要了解它的昨天。我们多年以来对历史剧的要求多少有一点误解，即较多看重它们的教诲作用，而比较忽视它的认识作用，因此对许多历史人物的是非功过纠缠不休。其实通过这些历史人物（包括虚构的人物）能够让我们了解那个历史时期，了解我们这个民族的某些特点，某些观念，就很不错了。比如《烂柯山》这出戏，我们不必去议论谁是谁非，不必去同情朱买臣，也不必去同情崔氏。但是我们知道了，并且相信了过去曾经有过那样的事，我们看到“夫贵妻荣”、“从一而终”这样的思想曾经深刻地影响过多少人，影响了朱买臣，也影响了崔氏。朱买臣和崔氏都是这种观念的痛苦的牺牲品。这是我们民族的一个病灶，到现在还时常使我们隐隐作痛。我觉得经过改编的《烂柯山》是能起到这样的作用的，改编者所取的角度是新的，好的。又比如《一捧雪》。我们既不能把莫成当一个“义仆”来歌颂，也不必把他当一个奴才来批判，但是我们知道，并且也相信，过去曾经有过那样的事。不但可以“人替人死”，而且在临刑前还要说能替主人一死，乃是大大的喜事，要大笑三声，——这是多么惨痛的笑啊！通过这出戏，可以让我们看到等级观念对人的毒害是多么酷烈，一个奴才的“价值”又是多么的低！如果经过改编的戏，能产生这样的效果，我觉得就很不错了。这样的戏，是能满足青年在理智方面的要求的。我觉得许多老戏，都可以从一个新的角度，用一种新的思想，新的方法重新处理，彻底改造。

我们的青年，是一大批青年思想者。他们要求一个戏，能在思想上给予他们启迪，引起他们思索许多生活中的问题。

因此要求戏曲工作者，首先是编剧，要有思想。我深深感到戏曲编剧最缺乏的是思想。——当然包括我自己在内。

一九八四年九月十三日

听遛鸟人谈戏

近来我每天早晨绕着玉渊潭遛一圈。遛完了，常找一个地方坐下听人聊天。这可以增长知识，了解生活。还有些人不聊天。钓鱼的、练气功的，都不说话。游泳的闹闹嚷嚷，听不见他们嚷什么。读外语的学生，读日语的、英语的、俄语的，都不说话，专心致意把莎士比亚和屠格涅夫印进他们的大脑皮层里去。

比较爱聊天的是那些遛鸟的。他们聊的多是关于鸟的事，但常常联系到戏。遛鸟与听戏，性质上本相接近。他们之中不少是既爱养鸟，也爱听戏，或曾经也爱听戏的。遛鸟的起得早，遛鸟的地方常常也是演员喊嗓子的地方，故他们往往有当演员的朋友，知道不少梨园掌故。有

---

* 初刊于《北京艺术》一九八二年第二期，初收于《晚翠文谈》。

的自己就能唱两口。有一个遛鸟的，大家都叫他“老包”，他其实不姓包，因为他把鸟笼一挂，自己就唱开了：“包龙图打坐在开封府……”就这一句。唱完了，自己听着不好，摇摇头，接茬再唱：“包龙图打坐……”

因为常听他们聊，我多少知道一点关于鸟的常识。知道画眉的眉子齐不齐，身材胖瘦，头大头小，是不是“原毛”，有“口”没有，能叫什么玩意儿：伏天、喜鹊——大喜鹊、山喜鹊、苇咋子、猫、家雀打架、鸡下蛋……知道画眉的行市，哪只鸟值多少“张”。——一“张”，是一张拾圆的钞票。他们的行话不说几十块钱，而说多少张。有一个七十八岁的老头，原先本是勤行，他的一只画眉，人称鸟王。有人问他出不出手，要多少钱，他说：“二百”。遛鸟的都说：“值！”

我有些奇怪了，忍不住问：

“一只鸟值多少钱，是不是公认的？你们都瞧得出来？”

几个人同时叫起来：“那是！老头的值二百，那只生鸟值七块。梅兰芳唱戏卖两块四，戏校的学生现在卖三毛。老包，倒找我两块钱！那能错了？”

“全北京一共有多少画眉？能统计出来么？”

“横是不少！”

"'文化大革命'那阵没有了吧?"

"那会儿谁还养鸟哇!不过,这玩意禁不了。就跟那京剧里的老戏似的,'四人帮'压着不让唱,压得住吗?一开了禁,您瞧,呼啦——全出来了。不管是谁,禁不了老戏,也就禁不了养鸟。我把话说在这儿:多会有画眉,多会他就得唱老戏!报上说京剧有什么危机,瞎掰的事!"

这位对画眉和京剧的前途都非常乐观。

一个六十多岁的退休银行职员说:"养画眉的历史大概和京剧的历史差不多长,有四大徽班那会就有画眉。"

他这个考证可不大对。画眉的历史可要比京剧长得多,宋徽宗就画过画眉。

"养鸟有什么好处呢?"我问。

"嗐,遛人!"七十八岁的老厨师说,"没有个鸟,有时早上一醒,觉着还困,就懒得起了;有个鸟,多困也得起!"

"这是个乐儿!"一个还不到五十岁的扁平脸、双眼皮很深、络腮胡子的工人——他穿着厂里的工作服,说。

"是个乐儿!钓鱼的、游泳的,都是个乐儿!"说话的是退休银行职员。

"一个画眉,不就是叫么?怎么会有那么大的差别?"

一个戴白边眼镜的穿着没有领子的酱色衬衫的中等老头儿，他老给他的四只画眉洗澡——把鸟笼放在浅水里让画眉抖擞毛羽，说：

“叫跟叫不一样！跟唱戏一样，有的嗓子宽，有的窄，有的有膛音，有的干冲！不但要声音，还得要‘样’，得有‘做派’，有神气。您瞧我这只画眉，叫得多好！像谁？”

像谁？

“像马连良！”

像马连良？！

我细瞧一下，还真有点像！它周身干净利索，挺拔精神，叫的时候略偏一点身子，还微微摇动脑袋。

“潇洒！”

我只得承认：潇洒！

不过我立刻不免替京剧演员感到一点悲哀，原来在这些人的心目中，对一个演员的品鉴，就跟对一只画眉一样。

“一只画眉，能叫多少年？”

勤行老师傅说：“十来年没问题！”

老包说：“也就是七八年。就跟唱京剧一样：李万春现在也只能看一招一势，高盛麟也不似当年了。”

他说起有一年听《四郎探母》，甭说四郎、公主，佘太君是李多奎，那嗓子，冲！他慨叹说：

“那样的好角儿，现在没有了！现在的京剧没有人看，——看的人少，那是啊，没有那么多好角儿了嘛！你再有杨小楼，再有梅兰芳，再有金少山，试试！照样满！两块四？四块八也有人看！——我就看！卖了画眉也看！”

他说出了京剧不景气的原因：老成凋谢，后继无人。这与一部分戏曲理论家的意见不谋而合。

戴白边眼镜的中等老头儿不以为然：

“不行！王师傅的鸟值二百（哦，原来老人姓王），可是你叫个外行来听听：听不出好来！就是梅兰芳、杨小楼再活回来，你叫那边那几个念洋话的学生来听听，他也听不出好来。不懂！现而今这年轻人不懂的事太多。他们不懂京剧，那戏园子的座儿就能好了哇？”

好几个人附和：“那是！那是！”

他们以为京剧的危机是不懂京剧的学生造成的。如果现在的学生都像老舍所写的赵子曰，或者都像老包，像这些懂京剧的遛鸟的人，京剧就得救了。这跟一些戏剧理论家的意见也很相似。

然而京剧的老观众，比如这些遛鸟的人，都已经老了，他们大部分已经退休。他们跟我闲聊中最常问的一句话是："退了没有？"那么，京剧的新观众在哪里呢？

哦，在那里：就是那些念屠格涅夫、念莎士比亚的学生。

也没准儿将来改造京剧的也是他们。

谁知道呢！

“外星人”语

我的困惑

曾祺同志：

您好！上次在街上碰见您，您问起我这两年的创作，您大概还记得我当时面色微红，欲言又止的窘态。有些问题我总想找机会登门求教，可又怕打扰您。

我自信我不是一个甘于跟在别人屁股后面走的剧作者，我虽愚钝，但总以探索为乐事，即使碰壁也一笑置之。

前几天，我的一位出国工作的朋友从国外给我来信。他是一位才气横溢，而又不大合群的人，但和我有多年厚

* 初刊于《新剧本》一九八六年第四期，初收于《晚翠文谈》。

交。他说："我不知我怎么了，坐在异国的剧场里，对我们的戏剧产生了一种恐惧感，崩溃感。被你们奉为国宝的京剧，到底算什么样的艺术呢？无休止的程式、模式，她和生动飞跃的现代生活是多么格格不入啊！有人一听说'危机'就谈虎色变，我想何止危机，我们恐怕不能阻止其必然出现的悲剧命运。"

他的信使我难过了好几天，我不同意他的话，但我又担心他的话是对的。

真是凑巧，昨天下午，我奉命去会见一位来自我那个朋友住在国的女电影明星。她年近五十，拍过七十多部电影，是新浪潮电影的代表人物，她的名字在电影界几乎是无人不晓的。她是应我国电影学院邀请来华讲学的。她为人直率，毫不做作。我们问她对中国电影的印象，她直言不讳地说，就她看到的一些片子，她认为中国影片的电影书法（语言）陈旧、落后，有的又像舞台片，许多影片像印刷体的字，拘谨，缺乏生气。但是，她又极其高兴地告诉我们，她看了中国京剧《拾玉镯》、《钟馗嫁妹》，她说这虽然是古老的艺术，有近二百年的历史，但是却充满了青春的气息，是写人性的，是一种非常完整的艺术，尽管语言不通，但是她看懂了。表示还希望再看几出京剧。

曾祺老师，我这几天老在想，我们所致力追求的戏剧该是什么样子呢？我们该怎样对待我们的传统戏剧艺术呢？我们又该如何和越来越多的面目陌生的异国戏剧流派相处呢？我的创作之路，追求之路，探索之路又该如何走呢？您是我敬重的师长，我很想听听您对这个问题的意见。

江连农

五月五日上

一个“外星人”的回答

连农同志：

你在很严肃地思考有关戏曲创作的问题。你提的问题我回答不了。今年春天，有一位报纸的编辑来采访我，我信口谈了一些对戏曲的看法，她戏称我为“戏曲界的外星人”，大概是觉得我的某些话有点离奇。既承垂问，我也可以说一点“外星人语”。——其实都是陈芝麻烂谷子，毫不新鲜。

戏曲创作，千头万绪，归根结底，也许只是一个问题：戏曲观念的更新。

中国戏曲是很有特点的，在世界戏剧之林中确实能够自成体系。“无休止的程式”不是它目前不大景气的病根。芭蕾不也是由程式组成的么？中国戏曲有大量平庸甚至低劣的剧目，这些剧目被淘汰或将被淘汰，是自然的事。但是有永不凋谢的不朽的精品。比如昆曲的一些折子戏。有人说：有一出《痴梦》，我们就差堪自慰，可以对戏曲的前景不必过于悲观，戏曲还是有振兴的希望的。这话不是毫无道理。我们对上昆、苏昆的同志充满敬意。昆曲目前并不怎么上座（演员的奖金也不会多），但是他们确认为昆曲是中国民族艺术的精华，充满信心，充满热情，挖掘整理，精益求精，虽不免清贫寂寞，却自觉乐在其中，他们真是一些心灵很美的好人！我们在昆曲调演中看到他们声情并茂，光彩照人的表演，不能不想到他们对于戏曲艺术的忠贞不渝的高贵的献身精神，不能不感动。五十年代，昆曲曾以《十五贯》一出戏轰动全国；八十年代，昆曲又拿出这样一批精致玲珑，发人深思的折子戏，昆曲所惠于国人者多矣！从昆曲的两次“进京”，使我想到一个问题，这反映出人们的戏曲观念发生了相当大的变化。我不是说像《痴梦》这样的戏五十年代绝对不可能演出，但是相信是会遇到阻力的。人们会问：演出这样的戏有什么政治意义？对观众能起到什么教育作用？这样的问题很不好应付。——不像《十五贯》，可以理直气壮地回答：关心人民疾苦，重视调查研究，有人民性！（“人民性”是五十年代戏曲通行证上相当于“验讫”的朱红戳记）。《痴梦》如能在那时演出，大概会被归入这样一档：艺术上可取，内容无害。一个戏曲作品的思想内容落得一个“无害”的评语，实在是非常可悲的事。《痴梦》的思想内容又岂止是“无害”而已呢？我不想在这里探讨《痴梦》的思想，更不想评说《十五贯》和《痴梦》的高下，我只是说《痴梦》对许多人的戏曲观的冲击作用不可低估。《痴梦》（以及其他昆曲剧目如《迎像哭像》、《打虎游街》、《偷诗》……）的出现，是戏曲工作者在十一届三中全会以后对戏曲工作反思的结果，是对“四人帮”文艺专制主义的一个反拨。

五十年代，或按一般说法：“十七年”。我一点不想否定十七年戏曲工作的公认的巨大成绩。但是我不赞成对十七年的戏曲工作作全面肯定。有的同志盛称“十七年”，以为如果回到“十七年”一切就都好了，值得商榷。十七年，我们的各项工作，包括文艺工作都有一个共同的问题，是“左”。难道戏曲独能例外？文艺的“左”，集中在一点，是：为政治服务。三中全会以后，否定文艺为政治服务，是有非常深远的历史意义的。我们都是从“十七年”过来的。我们都深知政治标准第一，教育作用至上是个什么滋味。第一和至上的结果是：概念化。十七年的许多戏，包括一些名剧，都带有概念化的痕迹。第一和至上的恶性发展，就是“四人帮”时期的“主题先行”。“四人帮”的文艺“理论”，主要是“三突出”和“主题先行”。“三突出”，大家批判得很多了。但是我以为“主题先行”的危害性比“三突出”更为严重。“主题先行”不自“四人帮”始。“四人帮”以前就有，只是没有形诸文字，成为文艺的宪法。而且这种思想至今并未绝迹，至今仍是覆盖在我们的文艺观——戏曲观的上空的阴云。有的时候，云层很厚。

应该认真地研究一下文艺——戏曲的社会功能，戏曲到底有什么作用。应该科学地研究一下戏曲的接受美学。我相信总有一天，我们能用电子计算机测出一出戏对观众心理影响的波动曲线。我不想否定戏曲的教育作用，但是我认为这在观众的接受过程中是最后一个层次。没有人花钱买票进剧场是为了受教育的。我觉得应该强调戏曲的美感作用和认识作用。观众进剧场，首先是为了得到美的享受（不止是娱乐，我是不同意戏曲有所谓单纯的“娱乐作用”的）。这种美的享受，净化了他们的灵魂，使他精神境界提高，使他自觉是一个高尚而文明的人。其次，戏曲引起他对历史和现实的思索，使他加深了对世界、特别是对我们这个民族的认识，增加了对民族的感情。如果要说教育作用，我以为这是最深刻的教育作用，比那种从某个戏曲人物身上提取供人学习的抽象道德规范的作用要实在得多。

如果采用这样的标准，我觉得《痴梦》、《打虎游街》，以及你信中提到的《钟馗嫁妹》、《拾玉镯》，和十七年的某些概念化的作品相比较，其“档次”的高低，不言而喻。

应该强调剧作者的主体意识。近几年大家嚷嚷提高剧作家的地位。我以为作家的地位首先是作家在作品中的地位，而不在当不当人民代表、政协委员。宏观世界并不是凝固不动的，每一个剧作家只能表现他所感知的世界。他有自己的思维方式，自己的表现技法，别人不能代替，剧作家不能随人俯仰。黄山谷曾说：“听它下虎口著，我不为牛后人。”就是你信中所说的不“跟在别人屁股后边走”。国外的理论家近年致力于创作内部规律的研究。咱们的戏曲理论家是不是也可以研究研究剧作的内部规律，研究研究剧作家是怎样写成一个剧本的？如果能说出个道道来，这比给剧作家发一笔奖金更能使人鼓舞。这才是对剧作家真正的尊重。

最后，我觉得剧作家最好是一个诗人。布莱希特之所以伟大，不只因为他创立了一个体系，提出间离效果说，首先，他是个非常有才华的大诗人。

剧作家也应该看看画，比如罗中立的《吹渣渣》。

你问我你的创作之路，追求之路，探索之路该如何走，我只能海阔天空，不着边际地瞎扯一通，请原谅。

祝你碰壁！

汪曾祺

五月十二日

且说过于执

浙江省昆苏剧团整理演出的《十五贯》有许多好处，大家已经谈了很多，这里只想就“过于执”这个人物说一点感想。

过于执基本上是个新创造出来的人物。

所以要创造过于执，是因为要使剧本的主题更鲜明。《十五贯》的整理者抓住了原作的精华部分，要突出地描写为民请命的况钟，因而把熊友蕙、侯三姑的一条线索去掉，把所有不相干的人物和情节也都统统去掉，这是十分果断的作为。但这样一来，就会使剧情不大连贯，而且单薄；不流畅，不丰满；必须加戏。要突出地描写况钟怎样

---

* 初刊于《北京文艺》一九五六年六月号，初收于北师大版《汪曾祺全集》第三卷。

“担着心，捏着汗”地救人，就必须加重地描写他所处的环境，描写他的敌对势力。这种敌对势力是十分顽固的，并且是互相沆瀣一气，牢牢结合在一起的。这样才看得出况钟的斗争的尖锐性，充分地表现出他的公正聪明、沉着果敢来。这样也才合乎历史情况。原著的几场戏，特别是“见都”一折，是大胆地揭露了官场的昏暗腐朽的，这是原剧人民性最强烈的部分；因此，整理者除了把词句通俗化了一下，基本上原封保留了下来，也是很正确的。但是单是这一折戏，还不够；这还不足以显出况钟处境的艰难险恶，也不足以显出他的坚毅难能。戏怎么加呢？从哪里发展出来呢？集中在谁的身上呢？这样，这位过老爷就被“借重”了。

朱素臣原著的《十五贯》里，是有过于执这个人的。他的简历如下：他原任山阳县正堂。三年任满，改授常州理刑。他在山阳县任内，因为“一时执见”，枉断了熊友蕙、侯三姑的官司；巧得很，他刚刚调到常州后，又遇到熊友兰、苏戌娟的官司，又因“一时执见”“枉断”了。这两桩案子，被苏州知府况钟审清楚了，他才“随任往军门自劾”，巡抚周忱念他“终任清廉”，一力保奏，仅仅罚了半年薪俸。后来适逢乡试，他又被荐入内帘阅卷。刚好，熊氏兄弟都去投考，都中了，都成了他的门生。发榜后，兄弟二人例当去谒师，又都见到了过于执。相见之下，过于执自然有些难为情，于是为了赎取前愆，他自己提出给熊氏兄弟作媒。熊友兰、熊友蕙当时虽然是拒绝了，但是后来毕竟和侯三姑、苏戌娟“团圆”了。在有些本子里，这出戏最后还是由他老先生出来“哈哈”笑了两声，唱了几句吉祥话结束的。

从这里可以看出原作者对于过于执，对于当时官场的模棱的、妥协的态度。作者有心替他开脱。所错断了两件命案，几乎枉杀了四个无罪的人，得的惩处却仅仅是罚俸半年，这成什么话呢！当然，从个别地方看来，作者对于过于执，还是不无微词的，但是，显然并不是深恶而痛绝之。从这里我们可以看出，原作者在世界观和创作方法上的弱点。

整理者在原著中发现了这一个人，把他一把抓住；并且从原剧发展的线索中找到合适的关节（头堂官司原是他审的，况钟踏勘时他这个地方官理应在场），从那里展开了两场戏（“受冤”和“疑鼠、踏勘”），这是很巧妙的措置。这是从内部抽长出来的枝叶，不是人工的嫁接，所以看上去非常自然非常得体。要是不看原著，会觉得那是本来就有，不是新加上去的。有了这个人物，这两场戏，戏就多了一面。而这一面是关系全局的一面。有了这一面就面面俱到，戏就饱满了，也更深刻了。

过于执虽在原著中著了名姓，但是整理本中的过于执和原本中的过于执已经是判若两人。整理者不仅把他作为一个必要的人物来处理，并且是作为一个艺术典型来创造的。他在剧里显然有反衬况钟的作用。但是并不是况钟是白，他就是黑，不是他的一举一动都是况钟的反面。要是这样，他就成了一个以没有独立的个性为特征的丑角，他的行事就是一些只是滑稽的笑剧了。不，无论剧本，无论导演和演员，都没有这样处理他。他是有自己的色调，自己的个性的。没有况钟，他也是这样；有了况钟，他的性格就表现得更强烈，因为况钟“侵犯”了他。

“被冤”一场，已经有很多人谈过。过于执的自负、自满，只管自己博得一个“英明果断”的能名，不管百姓死活；他的主观、武断，他的运用得十分便捷的逻辑推理，已经是有目共睹。这里只想谈谈演员朱国梁同志所创造的形象。我觉得他在人物的身份上掌握得十分准确。过于执是一个愚而自用的县官，但还不是一个渴血的酷吏，他跟以杀人作升官的本钱的大员——比如《老残游记》里的玉太尊，是有所不同的。同时把他的年龄的特点也表现得很突出。他并不是少年得意，使气妄为，他很老大了；而他的老大跟他的无知和自满相结合，才更加可笑。不知别人有没有这样的感觉，我觉得这个过于执一出台的时候，给人一种非常之“干”的印象，他的腰腿面目都很僵硬干枯，他的灵魂也是干的。这样的人没有一点人情，没有任何幽默感，他从无“内省”，没有什么人的声音能打动他。演员对于角色的精神状态是体会得很深的。

“疑鼠、踏勘”是一场独特的、稀有的、少见的戏。许多中国戏在结构上有这样一个特点：忙里偷闲，紧中有慢，越是紧张，越是从容；而这样，紧张就更向里收束，更是内在的，更深刻。比起追求表面激情，这是更高的艺术。“疑鼠、踏勘”就是这样的戏。这场戏紧接在“见都”之后，况钟和周忱斗了一场，这一场又要和过于执斗，然而幕一打开，戏好像简直是重新开始，把前面的事情好像完全放下不管了，后面的事也一点不老是惦记着。

在若有所思的，简直有点抒情意味的音乐声中，况钟等一行人走到尤葫芦家里。从况钟、过于执的扇子、皂隶的动作，非常真实而鲜明的渲染出一种空寂荒凉的气氛来，你简直闻得出满台呛人的尘土和霉气。这也暗示出事隔已久，时间会抹去当日的蛛丝马迹，让人觉得很难摸出头绪。同时从所有人（除了过于执）的十分谨慎而不免有点惴然的神态上，也使人充分地感觉出这是发生一件凶杀案的现场，不是什么别的地方。况钟决不是一下子就探囊取物似的得出真相来的，不是的，他在案情的周围摸索了很久。他向总甲问了一些照例的问话，他仔细详察了大门、肉案、墙壁、床铺、地上的血迹……这些不是显出况钟的不够干练，而是显出了他的虚心，他的实事求是。这些细节不是多余的，而是增加了真实感，增加了深度。同时，从皂隶的精细认真，从审察肉案时门子用袖子给况钟拂去落在身上的尘土，可以看出况钟给予下属怎样的精神影响，他怎样受到身边人的爱戴，这些地方都十分令人感动，因而也更衬托出况钟的人格的崇高。难得的是这些细节决不是割断剧情的模拟生活的自然主义，不是喧宾夺主，而是江河不择细流，有推动剧情发展的作用。这是一场精致的戏。

在这一折戏里，过于执和况钟所占的地位是势均力敌的，两个人的一举一动随时都是扣在一起的，角色的呼应一刻也没有中断。这一场戏可以划出两段，以发现铜钱的地方为分水岭。在这以前过于执占着主动地位，他在斗争中占着上风；在这以后况钟占着主动地位，占了上风，而在全折发展中真正的主动人物又是况钟。这里非常真切地看出矛盾的发展和转换。一开头，过于执是“成竹在胸”，很有把握的。他嘲笑况钟的深入调查研究为“迂阔”。他也陪同察勘，也上上下下看了一遭，然而是虚应故事，视而未见，心不在焉。他的眼睛更多的时候是看着况钟，他冷眼看着况钟摸索，口角眼风掩不住轻蔑。他竟然胆敢装腔作势地用地上的血迹来捉弄况钟。竟然在问了声“大人是否曾见可疑之处”之后，用露骨的讽刺语气说：“啊！处处可疑啊！”他一个字一个字地念出自己审理此案是“凭、赃、凭、证，据、理、而、断！”真是目中无人。他用深深地打躬来表示抗傲，用笑声来宣泄满腔敌意。我们随时看见他的高高拱起的背，听到他的干涩的冷笑。而到“况大人胸有成竹，怎会徒劳往返？”仰起头来作了三声断开的、没有尾声的干笑之后，深深一躬，说道：“请——查！”他的肆无忌惮就达到了顶点，而他的暂时稳固的立脚点就开始摇晃起来了。从他对于况钟的进攻之中，我们只觉得况钟的虚怀若谷，沉静稳重，潜心考虑问题，毫不因为过于执的冷言冷语而分心动气，这是何等的风度！反过来，过于执则是多么的浅狭、无聊！到了发现铜钱之后，在况钟的层层深入，真正的谨严的、具有充分的前提的逻辑推论比照之下，过于执的逻辑的虚伪性就更加毕露了。他越来越强词诡辩，压制民意，希图掩饰蒙混过去，他的卑鄙险恶的心机也就越来越彻底在观众的面前揭开。到了后来他跑到周忱面前倒打一耙，诬告况钟“捕风捉影，诡言巧辩，捏造凭证，颠倒是非，又假私访为名，每日游山玩水，分明是拖延斩期，包庇死囚”，这种毒辣的行径，是他的性格很逻辑的进一步发展。

从过于执的两场戏当中，我们看出昆苏剧团不但能使新加的东西不比原有的好东西逊色，而且能使新旧之间，部分与全体之间非常调协谐和，毫无生米、熟饭煮作一锅之感。从这场戏里，我们还可以看到作者、导演、演员之间的无间的合作，他们的艺术思想是那样的一致，以至使全戏的剧本和演出像是同时生长出来的，不是两件事。……

从过于执的两场戏当中，我们是可以看出昆苏剧团在工作上（包括剧本整理、导演和演员表演）的创造性来的。向创造性致敬！

宋士杰
——一个独特的典型

《四进士》原来是一出很芜杂的群戏，现在也还保留着一些芜杂的痕迹，比如杨素贞手上戴的那只紫金镯，与主线已经没有多大关系了。它之能够流传到今天，成为一出无可比拟的独特的京剧，是因为剧中塑造了一个独特的典型，宋士杰。

宋士杰是一个讼师。现在大概很多人不知道讼师是干什么的了。过去，是每一个县城里都有的，他们的职业是包打官司，即包揽词讼。凡有衙门处即有讼师。只要你给他钱，他可以把你的官司包下来，把你的对手搞得倾家荡产，一败涂地。在生活里，他们也是很刁钻促狭的。讼师住的地方，做小买卖的都不愿停留，邻居家的孩子都不敢

* 初刊于《人民戏剧》一九八一年第一期，初收于《晚翠文谈》。

和他们家的孩子打架。然而《四进士》却写了一个好讼师，这就很特别。

宋士杰的好处在于，一是办事傲上。这在封建社会里是一种难得的品德。二是好管闲事。

要写他的爱管闲事，却从他怕管闲事写起。

宋士杰的出场是很平淡的，几记小锣，他就走出来了。四句诗罢，自报家门：

> 老汉宋士杰。在前任道台衙门，当过一名刑房书吏。只因我办事傲上，才将我的刑房革退。在西门以外，开了一所小小店房，不过是避嫌而已……

避嫌，避什么嫌呢？避官场之嫌。开店是一种姿态，表示引退闲居，从此不再往衙门里插手，免招是非物议。他虽然也不甘寂寞，偶尔给吃衙门饭的人一点指点，杯酒之间，三言两语。平常则是韬晦深藏，很少活动的了。以至顾读一听说宋士杰这名字，吃惊道：“宋士杰！这老儿还未曾死么？”

他卷进一场复杂的纠纷，完全是无心的，偶然的。他要去吃酒，看见刘二混等一伙光棍追赶杨素贞，他的老毛病犯了：

> 啊！这信阳州一班无徒光棍，追赶一个女子；若是追在无人之处，那女子定要吃他们的亏。我不免赶

上前去，打他一个抱不平！

（“无徒”即无赖，元曲中屡见。白朴《梧桐雨》、关汉卿《望江亭》中都有。没想到这个古语在京剧里还活着。有的整理过的剧本写成“无头”，就没有讲了。）

但是转念一想：

咳！只因为多管人家的闲事，才将我的刑房革退，我又管的什么闲事啊。不管也罢，街市上走走。

他和万氏打跑了刘二混，事情本来就完了。不想万氏把杨素贞领到家里——店里来了。他和杨素贞的攀谈，问人家姓什么，哪里的人，到信阳州来做什么……都是一些见面后应有的闲话。听到杨素贞是越衙告状来了，他顺口说了一句：“哎呀，越衙告状，这个冤枉一定是大了。”也只是平常的感慨（《四进士》能用口语的念白写出人物的神情，非常难得。这出戏的语言是很值得研究的）。他想看看人家的状子，只是一种职业性的兴趣。他指出什么是“由头”，点出哪里是“赖词”，称赞状子写得好，“作状子的这位老先生有八台之位”，“笔力上带着”，但是“好是好，废物了！”（多好的语言！若是写成“好倒是好啊，可惜么，是一个废物了！”便索然无味。可惜我们今天的许多剧本用的正是后一种语言）——“道台大人前呼后拥，女流之辈，挨挤不上，也是枉然。”“交还与她”，他不管了！

杨素贞叫了宋士杰一声干父，宋士杰答应到道台衙门去递状。

到道台衙门递一张状，这在宋士杰，真是小事一桩。本来可以不误堂点，顺顺当当把状子递上。不想遇着丁旦，拉去酒楼，出了个岔子，逼得他不得不击动堂鼓，面见顾读。犹一溪春水，撞到一块石头，激起了浪花。宋士杰湿了鞋子，掉进了漩涡，越陷越深，不能自拔。他从一个旁观者变成了当事人，从一个局外人变成了矛盾的一个主要方面。他的性格也就在愈趋复杂的斗争中，更加清楚、更加深刻的展示出来。作者没有一开头就写他路见不平，义形于色，揎拳攘袖，拔刀向前。那样就不是宋士杰，而是拼命三郎石秀了。

宋士杰是一个讼师。他的主要行动是打官司（河南梆子这出戏就叫《宋士杰打官司》）。他的主要的戏是一公堂、二公堂、盗书、三公堂。三公堂是毛朋的戏，宋士杰无大作为。盗书主要看表演，没有多少语言。真正表现宋士杰的讼师本色的，是一公堂、二公堂。一公堂、二公堂的对立面是顾读。全剧的精彩处也在于宋士杰斗顾读。

一公堂斗争的焦点是宋士杰是不是包揽词讼。过去，讼师是一种不合法的职业。“包揽词讼”本身就是罪名。所有的讼师在插手一桩官司之前，都首先要把这项罪名摘清。否则未曾回话，官司就输了。宋士杰知道，上堂之后，顾读必然首先要挑这个眼。顾读一声“传宋士杰！”丁旦下堂：“宋家伯伯，大人传你。”宋士杰“吓”了一声。丁旦又说：“大人传你。”宋士杰好像没有听明白：“哦，大人传我？”丁旦又重复一次：“传你！小心去见。”宋士杰好像才醒悟过来：“呵呵，传我？”这么一句话有什么听不明白的呢？他怎么这样心不在焉，反应迟钝呢？不是迟钝，他是在想主意。他脱下鸭尾巾，露出雪白的发纂（刹那之间，宋士杰变得很美），报门：“报，——宋士杰告进。”不卑不亢，似卑实亢。这时他已经成竹在胸，所以能如此从容。剧作者的笔墨精细处真不可及！

果然，顾读劈头就问：

“你为何包揽词讼？”

“怎见得小人包揽词讼？”

“杨素贞越衙告状，住在你的家中，分明是你挑唆而来，岂不是包揽词讼？”

顾读问得在理。

“小人有下情回禀。”

“讲！”

宋士杰的辩词实在出人意料：

“吓。小人宋士杰，在前任道台衙门当过一名刑房书吏。只因我办事傲上，才将我的刑房革掉。在西门以外开了一所小小店房，不过是避嫌而已。曾记得那年，去往河南上蔡县办差，住在杨素贞的家中；杨素贞那时间才这长这大；拜在我的名下，收为义女。数载以来，书不来，信不往。杨素贞她父已死。她长大成人，许配姚庭梅为妻。她的亲夫被人害死，来到信阳州越衙告状。常言道是亲者不能不顾；不是亲者不能相顾。她是我的干女儿，我是她的干父。干女儿不住在干父家中，难道说，叫她住在庵堂——寺院？”

这真是老虎闻鼻烟！一件没影子的事，他却说得有鼻子有眼，活灵活现，点水不漏，无懈可击！这段辩词，层次清楚，语调铿锵，真是掷地作金石声！“这长这大”，真亏他想得出来。——我们现在要是写，像“这长这大”这样活生生的语言，是无论如何写不出来的。

什么叫讼师？这就叫讼师：数白道黑，将无作有。

二公堂是宋士杰替杨素贞喊冤。顾读受贿之后，对杨素贞拶指逼供，上刑收监。宋士杰在堂口高喊：“冤枉！”

“宋士杰，你为何堂口喊冤？”

"大人办事不公！"

"本道哪些儿不公？"

"原告收监，被告讨保，哪些儿公道？"

"杨素贞告的是谎状。"

"怎见得是谎状？"

"她私通奸夫，谋害亲夫，岂不是谎状？"

"奸夫是谁？"

"杨春。"

"哪里人氏？"

"南京水西门。"

"杨素贞？"

"河南上蔡县。"

"千里路程，怎样通奸？"

"呃，——他是先奸后娶！"

"既然如此，她不去逃命，到你这里送死来了！"

这个地方宋士杰是有理的。他得理不让人，步步进逼，语快如刀，不容喘息，一鞭一条痕，一掴一掌血，一直到把对方打翻在地，再也起不来，真是老辣之至。

除了写他是个会打官司的讼师，一个尖刻厉害的刀笔，剧本还从多方面刻画他的世事洞明，人情练达。

宋士杰误过午堂，状子不曾递上，心里很懊恼，回家的路上，一个人自言自语地叨叨：

“咳！酒楼之上，多吃了一杯，升过堂了，状子没有递上，只好回去。吃酒的误事！咳！回得家去，干女儿迎上前来，言道：‘干父你回来了？’我言道：‘我回来了。’干女儿必定问道：‘状子可曾递上？’我言道：‘遇见一个朋友，在酒楼之上，多吃了一杯，升过堂了，没有递上。’她必然言道：‘干父啊，我不是你的亲生女儿；若是你的亲生女儿，酒也不吃了，状子也递上了。’这两句言语，总是有的……这两句言语，总是……”

到了家，杨素贞果然对万氏说：

“嗳，我不是他的亲生女儿……”

宋士杰用极低的声音说：

“来了！”

杨素贞接着说：

“若是他的亲生女儿，酒也不吃了，状子也递上了！”

宋士杰：

“我早晓得有这两句话……”

真是如见其肺腑然。

他听说按院大人下马，写了一张上告的状子，途遇杨春，认为干亲，核计告状。听说鸣锣开道，差杨春前去打听，他突然想起：

“哎呀！按院大人有告条在外，有人拦轿喊冤，四十大板。我实实挨不起了。我看杨春这个娃娃，倒也精壮得很，我把这四十板子，照顾了这个娃娃吧！”

杨春递状回来，他不好问人家递上了没有，他叫人家“走过去”，“走回来”。

“啊，这娃娃怎么还不回来？待我迎上前去。”

“义父！”

“娃娃，你回来了？”

“我回来了。”

“状子可曾递上？”

“递上了。”

“哦，递上了！——递上了？”

“递上了。”

“递上了？”

“递上了啊！”

“走过去！”

“哦，走过去。”

“走回来。”

"好，走回来。"

"唉，娃娃，你没有递上。"

"怎见得没有递上？"

"哈哈！娃娃，我实对你讲了吧：按院大人有告示在外，有人拦轿喊冤，打四十大板。你两腿好好的，状子没有递上吧！"

有一个孩子读《四进士》剧本，读到这里，说："这个宋士杰真坏！"

宋士杰是真坏，可是他真好。他是个很坏的好人。这就是宋士杰，是一个有血有肉的活人，不一般化，不是大慈大悲救苦救难观世音菩萨。

《四进士》一个很大的特点，是运用大量的细节来刻画人物。作者简直是信手拈来，涉笔成趣，笔笔都为人物增添一分光彩。这在戏曲里，至少在京剧里是极为少见的。

为什么作者能够这样从心所欲地写出这样多的细节来呢？原因只有一个：对这个人物太熟了。

张天翼同志在谈儿童文学的一篇讲话中，提出从人物出发，他说：有了人物，没有情节可以有情节，没有细节可以有细节。这是老作家的三折肱之言，是度世的金针。

在去年的全国剧目工作会议上，有一个省的代表介绍经验，说他们省领导创作的同志，在讨论提纲或初稿时，首先问剧作者：你是不是觉得你所写的人物，已经好像站在你的面前了？否则，你不要写！这真是一条十分有益的经验。抓创作，其实只要抓住一条，就够了，抓人物。其余的，都是次要的。我们的许多领导创作的同志，瞎抓一气，就是不懂得抓人物。那种：主题有积极意义，已经有了一定基础，希望继续加工，不要放下……之类的废话，是杀死创作的官僚主义的软刀子。我们已经有了多少在娘胎里闷死的剧本，有了多少毫不精彩，劳民伤财的，叫人连意见都没法提的寡淡的演出，其弊只在一点：没有人物。

这里说的只是应当写人物的戏。至于有的别种样式的戏，如牧歌体的、散文式的（如《老道游山》）、散文诗式的（如《贵妃醉酒》）或用意识流方法写的京剧，当然不在此列，而我以为像《四进士》这样的京剧是应该大力提倡的。

浅处见才

——谈写唱词

本色　当行

有人以为本色就是当行。陈师道《后山诗话》："退之以文为诗，子瞻以诗为词，如教坊雷大使之舞，虽极天下之工，要非本色。"他所说的本色实相当于多数人所说的当行。一般认为本色和当行还是略有区别的。本色指少用辞藻，不事雕饰，朴素天然，明白如话。当行是说写唱词像个唱词，写京剧唱词是京剧唱词，不但好懂，而且好唱，好听。

板腔体的剧本都是浅显的。没有不好理解，难于捉摸的词。像"摇漾春如线"这样的句子在京剧、梆子的剧本

---

* 初刊时间、初刊处未详，初收于《晚翠文谈》。

里是找不出来的。板腔体剧种打本子的人没有多少文化，他们肚子里也没有那么多辞藻。杂剧传奇的唱腔抒情成分很大，京剧剧本抒情性的唱词只能有那么一点点。京剧剧本也偶用一点比兴，但大多数唱词都是“直陈其事”的赋体。杂剧、传奇，特别是传奇的唱词，有很多是写景的；京剧写景极少。向京剧唱词要求“情景交融”，实在是强人所难。因为曲牌体和板腔体体制不同。“碧云天，黄花地，西风紧，北雁南飞。晓来谁染霜林醉，总是离人泪。”是千古绝唱。这只能是杂剧的唱词。这是一支完整的曲子，首尾俱足，改编成京剧，就成了“碧云天，黄花地，西风紧，北雁南翔。问晓来谁染得霜林绛？总是离人泪千行”，变成了一大段唱词的“帽儿”，下面接了叙事性的唱：“成就迟分别早叫人惆怅，系不住骏马儿空有这柳丝长。七香车与我把马儿赶上，那疏林也与我挂住了斜阳，好让我与张郎把知心话讲，远望那十里亭痛断人肠！”杂剧的这支“正宫端正好”在京剧里实际上是“腌渍”了。但是这有什么办法？京剧就是这样！王昆仑同志曾和我有一次谈及京剧唱词，说：“‘一事无成两鬓斑，叹光阴一去不复还。日月轮流催晓箭，青山绿水常在面前’，到此为止，下面就得接上‘恨平王无道纲常乱’，大白话了！”是这样。我在《沙家浜》阿庆嫂的大段二黄中，写了第一句

"风声紧雨意浓天低云暗"，下面就赶紧接了一句地道的京剧"水词"："不由人一阵阵坐立不安"。

京剧唱词只能在叙事中抒情，在赋体中有一点比兴，《四郎探母》"胡地衣冠懒穿戴，每日里花开儿的心不开"，我以为这是了不得的好唱词。新编的戏里，梁清濂的《雷峰夕照》里的"去年的竹林长新笋，没娘的孩子渐成人"，也是难得的。

京剧是不擅长用比喻的，大都很笨拙。《探母》和《文昭关》的"我好比"尚可容忍，《逍遥津》的一大串"欺寡人好一似"实在是堆砌无味。京韵大鼓《大西厢》"见张生摇头晃脑，嘚不嘚不，逛里逛荡，好像一碗汤，——他一个人念文章"，说一个人好像一碗汤，实在是奇绝。但在京剧里，这样的比喻用不上，——除非是喜剧。比喻一要尖新，二要现成。尖新不难，现成也不难。尖新而现成，难！

板腔体是一种"体"，是一种剧本的体制，不只是说的是剧本的语言形式，这是一个更深刻的概念。首先这直接关系到结构，——章法。正如写诗，五古有五古的章法，七绝有七绝的章法，差别不只在每一句字数的多少。但这里只想论及语言。板腔体的语言，表面上看只是句子整齐，每句有一定字数，二二三，三三四。更重要的是它的节奏。我在张家口曾经遇到一个说话押韵的人。我去看他，冬天，他把每天三顿饭改成了一天吃两顿，我问他：“改了？”他说：

三顿饭一顿吃两碗，
两顿饭一顿吃三碗，
算来算去一般儿多，
就是少抓一遍儿锅。

我研究了一下他的语言，除了押韵，还富于节奏感。“算来算去一般儿多”，如果改成“算起来一般多”，就失去了节奏，同时也就失去了情趣——失去了幽默感。语言的节奏决定于情绪的节奏。语言的节奏是外部的，情绪的节奏是内部的。二者同时生长，而又互相推动。情绪节奏和语言节奏应该一致，要做到表里如一，契合无间。这样写唱词才能挥洒自如，流利快畅。如果情绪缺乏节奏，或情绪的节奏和板腔体不吻合，写出来的唱词表面上合乎格律，读起来就会觉得生硬艰涩。我曾向青年剧作者建议用韵文思维，主要说的是用有节奏的语言思维。或者可以更进一步说：首先是使要表达的情绪有节奏。

板腔体的唱词是不好写的，因为它的限制性很大。听说有的同志以为板腔体已经走到了尽头，不能表达较新的思想，应该有一种新的戏曲体制来代替它，这种新的体制是自由诗体。这是有一定道理的。打破板腔体的字句定式，早已有人尝试过。田汉同志在《白蛇传》里写了这样的唱词：

你忍心将我伤，

端阳佳节劝雄黄；

你忍心将我诳，

才对双星盟誓愿，

又随法海入禅堂……

这显然已经不是“二二三”。我在剧本《裘盛戎》里写了这样的唱词：

昨日的故人已不在，

昨日的花还在开。

第二句虽也是七字句，但不能读成“昨日——的花——还在开”，节奏已经变了。我也希望京剧在体制上能有所突破。曾经设想，可以回过来吸取一点曲牌体的格律，也可以吸取一点新诗的格律，创造一点新的格律。五四时期就有人提出从曲牌体到板腔体，从文学角度来说，实是一种倒退，这是有一定道理的。曲牌体看来似乎格律森严，但比板腔体实际上有更多的自由。它可以字句参差，又可以押仄声韵，不像板腔体捆得那样死。像古体诗一样，连用几个仄声韵尾的句子，然后用一句平声韵尾扳过来，我觉得这是可行的。新诗常用的间行为韵，ABAB，也可以尝试。这种格式本来就有。苏东坡就写过一首这样的诗。我在《擂鼓战金山》里试写过一段。但我以为戏曲唱词总要有格律，押韵。完全是自由诗一样的唱词会是什么样子，一时还想象不出。而且目前似乎还只能在板腔体的基础上吸收新的格律。田汉同志的“你忍心将我伤……”一段破格的唱词，最后还要归到：

手摸胸膛你想一想，

有何面目来见妻房？

板腔体是简陋的。京剧唱词贵浅显。浅显本不难，难的是于浅显中见才华。李笠翁说：“能于浅处见才，方是文章高手。”怎样才能做到这一点呢？希望有人能从心理学的角度，作一点探索。

层次和连贯

曾读宋人诗话，有人问作诗的章法，一位大诗人回答说：“只要熟读‘打起黄莺儿，莫教枝上啼，啼时惊妾梦，不得到辽西’，就明白了。”他说的是层次和连贯。这首诗看起来一气贯注，流畅自然，好像一点不费力气，完整得像一块雨花石。细看却一句是一层意思。好的唱词也应该这样。《武家坡》：

这大嫂传话太迟慢，
武家坡站得我两腿酸。
下得坡来用目看，
见一位大嫂把菜剜。
前影儿看也看不见，
后影儿好像妻宝钏。
本当上前将妻认，
错认了民妻理不端。

不要小看这样的唱词。这一段唱词是很连贯的，但又有很多层次。“这大嫂传话太迟慢，武家坡站得我两腿酸”，是一个层次；“下得坡来用目看，见一位大嫂把菜剜”，是一个层次；“前影儿看也看不见，后影儿好像妻宝钏”是一个层次；“本当上前将妻认”是一个层次；“错认了民妻理不端”，又是一个层次。写唱词容易犯的毛病，一是不连贯，句与句之间缺乏逻辑关系，东一句，西一句。二是少层次。往往唱了几句，是一个意思，原地踏步，架床叠屋，情绪没有向前推进，缺乏语言的动势。后一种毛病在“样板戏”里屡见不鲜。所以如此，与“样板戏”过分强调“抒豪情”有关。过度抒情，这是出于对京剧体制的一种误解。

写一人即肖一人之口吻

这是很难的。提出这种主张的李笠翁，他本人就没有做到。性格化的语言，这在念白里比较容易做到，在唱词里，就很难了。人物性格通过语言表现，首先是他说什么，其次是怎么说。说什么，比较好办。进退维谷、优柔寡断的陈宫和穷途落魄、心境颓唐的秦琼不同，他们所唱的内容各异。但在唱词的风格上却是如出一辙。“听他言吓得我……”、“店主东带过了……”看不出有什么性格特征。能从唱词里看出人物性格的，即不止表现他说什么，还能表现他怎么说的，好像只有《四进士》宋士杰所唱的：

你不在河南上蔡县，
你不在南京水西门！[1]
我三人从来不相认，
宋士杰与你们是哪门子亲！

1 有的演员唱成“你本河南上蔡县，你本南京水西门”，感情就差得多了，“你不在河南上蔡县，你不在南京水西门！”下面有一句潜台词：“好端端地，你们跑到我这信阳州来干什么！”

这真是宋士杰的口吻！京剧唱词里能写出“宋士杰与你们是哪门子亲”，是一个奇迹。“是哪门子亲！”可以入唱，而且唱得那样悲愤怨怒，充满感情，人物性格，跃然“纸”上，太难得了！

我们在改编《沙家浜》的时候，曾给自己规定了一个奋斗目标，希望做到人物语言生活化、性格化。这个目标，只有《智斗》一场部分地实现了。《智斗》是用“唱”来组织情节的，不得不让人物唱出性格来，因此我们得捉摸人物的口吻。阿庆嫂的“垒起七星灶”有职业特点的表现出她的性格的，除了“人一走，茶就凉”这一句洞达世态的“炼话”，还在最后一句“有什么周详不周详！”这一句软中硬的结束语，把刁德一的进攻性的敲打顶了回去，顶了一个脆。如果没有最后这句“给劲”的话，前面的一大篇数字游戏式的唱就全都白搭。

“宋士杰与你们是哪门子亲”，“有什么周详不周详”，都是口语。这就使我们悟出一个道理：要使唱词性格化，首先要使唱词口语化。

京剧唱词的语言是十分规整的，离口语较远，是一种特殊的雅言。雅言不是不能表现性格。甚至文言也是能表现性格的。“吾翁即若翁。必欲烹若翁，则幸分我一杯羹”，今天看起来是文言，但是千载以下，我们还是可以从这几句话里看出刘邦的无赖嘴脸。但是如果把这几句话硬搽在三三四、二二三的框子里，就会使人物性格受到很大的损失。

从板式上来说，流水、散板的语言比较容易性格化；上板的语言性格化，难。从行当上来说，花旦、架子花的唱词较易性格化，正生、正旦，难。

如果不能在唱词里表现出人物怎么说，那只好努力通过人物说什么来刻画。

总之，我觉得戏曲作者要在生活里去学习语言，像小说家一样。何况我们比小说家还有一层难处，语言要受格律的制约。单从作品学习语言是不够的。

时代色彩和地方色彩

按说，写一个时代题材的戏曲，应该用那一时代的语言。但这是办不到的。元明以后好一些。有大量的戏曲作品，拟话本、民歌小曲，给我们提供了大量的语言资料。晚明小品也提供了接近口语的语言。宋代有话本，有柳耆卿那样的词，有《朱子语类》那样基本上是口语的语录。宋人的笔记也常记口语。唐代就有点麻烦。中国的言文分家，不知起于何代，但到唐朝，就很厉害了。唐人小说所用语言显然和口语距离很大。所幸还有敦煌变文，《云谣集杂曲子》和“柳枝”、“竹枝”这样的拟民歌，可以窥见唐代口语的仿佛。南北朝有勅勒歌、子夜歌。《世说新语》是魏晋语言的宝库。汉代的口语究竟是什么样子的？《史记》语言浅近，但我们从“夥颐，涉之为王沉沉者！”知道司马迁所用的还不是口语。乐府诗则和今人极相近。《上邪》、《枯鱼过河泣》、《孤儿行》、《病妇行》好像是昨天才写出来的。秦以前的口语就比较渺茫了……无论如何，我们不能对一个时代的语言熟悉得能和当时的人交谈！

即使对历代的语言相当精通，也不能用这种语言写作，因为今天的人不懂。

但是写一个时代的戏曲，能够多读一点当时的作品，在这些作品里“熏”一“熏”，从中吸取一点语言，哪怕是点缀点缀，也可以使一出戏多少有点时代的色彩，有点历史感。有人写汉代题材，案头堆满乐府诗集，早晚阅读，我以为这精神是可取的。我希望有人能重写京剧《孔雀东南飞》，大量地用五字句，而且剧中反复出现“孔雀东南飞，五里一徘徊”。

写历史题材不发生地方色彩的问题。我写《擂鼓战金山》让韩世忠在念白里偶尔用一点陕北话，比如他生气时把梁红玉叫做“婆姨”(这在曲艺里有个术语叫“改口”)，大家都认为绝对不行。如果在他的唱词里用一点陕北话，就更不行了。不过写现代题材，有时得注意这个问题。一个戏曲作者，最好能像浪子燕青一样，“能打各省乡谈”。至少对方言有兴趣，能欣赏各地方言的美。戏曲作者应该对语言有特殊的敏感。至少，对民歌有一定的了解。有人写宁夏题材的京剧，大量阅读了“花儿”，想把“花儿”引种到京剧里来，我觉得这功夫不会是白费的。

写少数民族题材，更得熟悉这个民族的民歌。我曾经写过内蒙和西藏题材的戏（都没有成功)，成天读蒙古族和藏族的民歌。不这样，我觉得无从下笔。

我觉得一个戏曲工作者应该多读各代的、各地的、各族的民歌，即使不写那个时代、那个地区、那个民族的题材，也是会有用的。“冬雷震震夏雨雪，天地合，乃敢与君绝”，这样的感情是写任何时代的爱情题材里都可以出现的。“大雁飞在天上，影子落在地下”，稍为变一变，也可以写在汉族题材的戏里。“你要抽烟这不是个火吗？你要想我这不是个我吧？”“面对面坐下还想你呀么亲亲！”不是写内蒙河套地区和山西雁北的题材才能用。要想使唱词出一点新，有民族色彩，多读民歌，是个捷径。而且，读民歌是非常愉快的艺术享受。

摘用、脱化前人诗词成句

这是中国传统戏曲常用的办法。

前人诗词，拿来就用。只要贴切，以故为新。不但省事，较易出情。

《裘盛戎》剧本，写“文化大革命”的动乱，抄家打人，徐岛上唱：

家家收拾起，
户户不提防。
父子成两派，
夫妇不同床。
访旧半为鬼，
惊呼热中肠。
茫茫九万里，
一片红海洋。

“家家收拾起，户户不提防”是昆曲流行时期的成语。“访旧半为鬼，惊呼热中肠”是杜甫诗。徐岛是戏曲编导，他对这样的成语和诗句是十分熟悉的，所以可以脱口而出。剧中的掏粪工人老王，就不能让他唱出这样的词句。

摘用前人诗句还有个便宜处，即可以使人想起全诗，引起更多的联想，使一句唱词有更丰富的含意。《裘盛戎》

剧中，在裘盛戎被剥夺演出的权利之后，他的挚友电影女导演江流劝他：

这世界不会永远这样的不公正，

上峰何苦困才人！

人民没有忘记你，

背巷荒村，更深半夜，还时常听得到裘派的唱腔，一声半声。

谁能遮得住星光云影，

谁能从日历上勾掉了谷雨、清明？

我愿天公重抖擞，

落花时节又逢君。

这最后两句，上句是龚定盦的诗，下句是杜甫诗。有一点诗词修养的读者（观众）听了上句，会想到“不拘一格降人才”；听了下句会想到“正是江南好风景”，想到春天会来，局势终会好转。这样写，省了好多话，唱词也比较有“嚼头”。

有时不直接摘用原诗，但可看出是从哪一句诗变化出来的。《擂鼓战金山》写韩世忠在镇江江面与兀术遭遇，韩世忠唱：

江水滔滔向东流，

二分明月是扬州。

抽刀断得长江水，
容你北上到高邮。
抽刀断不得长江水，
难过瓜州古渡头。
江边自有青青草，
不妨牧马过中秋！

“抽刀”显然是从李白“抽刀断水水更流”变出来的。

脱化，有时有迹可求，有时不那么有痕迹。《沙家浜》“垒起七星灶，铜壶煮三江”，是从苏东坡《汲江煎茶》“大瓢贮月归春瓮，小杓分江入夜瓶”脱化出来的。这种修辞方法，并非自我作古。

要能做到摘用、脱化，需要平时积累，“腹笥”稍宽。否则就会“书到用时方恨少”。老舍先生枕边常置数卷诗，临睡读几首。我们应该向他学习。

打渔杀家

《庆顶珠》全本很少有人演，听说高庆奎曾经演过。通常只演其中的“打渔”和“杀家”两折，合在一起，叫做《打渔杀家》。

《打渔杀家》是一出比较温的戏。但是其中有刻画得很细致的地方，为别的戏所不及。

萧恩决定铤而走险，过江杀尽吕子秋的一家。离家的时候和女儿桂英有一段对话：

“……取为父的衣帽戒刀过来。”

“戒刀在此。”

“好好看守门户，为父去也。”

“爹爹请转。”

---

* 初刊时间、初刊处未详，初收于《晚翠文谈》。

“儿呀何事？”

“女儿跟随爹爹前去。”

“为父杀人，你去做什么？”

“爹爹杀人，女儿站在一旁，与爹爹壮壮胆量也是好的呀。”

“儿有此胆量？”

“有此胆量。”

“将儿婆家的聘礼珠子带在身旁。”

“现在身旁。”

“开门哪！”

“爹爹呀请转！这门还未曾上锁呢。”

“这门呶！——关也罢，不关也罢！”

“里面还有许多动用家具呢。”

“傻孩子呀，门都不要了，要家具则甚哪！”

“不要了？喂噫……”

“不省事的冤家呀……！”

“不省事”今天的观众多不懂，马连良念成“不明白”。我建议干脆改为“不懂事”。

在过江时，萧恩唱“船行在半江中我儿要掌稳了舵！——我的儿为什么撤了篷索？”之后，有一小段对话：

“啊爹爹，此番过江杀人是真的还是假的？”

“杀人哪有假的！”

“如此女儿有些害怕。我，我，我不去了。”

“呀呀呸！方才在家，为父怎样嘱咐与儿，叫儿不要前来，儿是偏偏地要来！如今船行在半江之中……也罢！待为父扳转船头，送儿回去！”

“孩儿舍不得爹爹！”

“啊……桂英儿呀！”

这两段对话是很感人的。听说有的老演员在念到“门都不要了，要家具则甚哪！——不省事的冤家呀！”能把人的眼泪念下来。我小时听梅兰芳的唱片，梅先生念到“孩儿舍不得爹爹！”我的眼泪刷地一下子下来了。

一般演员很难有这样的效果。原因是没有很好地体会人物之间的关系。萧恩和桂英不是通常的父女。桂英幼年丧母，父女二人，相依为命。萧恩又当爸，又当妈，风里雨里，把桂英拉扯大，他非常疼爱这个独生女儿。由于爸爸的疼爱，桂英才格外的娇痴——不懂事。桂英不懂事，更衬托出失势的英雄萧恩毁家报仇的满腔悲愤。通过父女之爱表现这个报仇故事的深刻、内在的悲剧性，是《打渔杀家》的一个很大的特点。

这是很值得搞编剧的人学习的。我们今天的戏曲编剧往往忙于交待情节事件，或者热中于塑造空空洞洞的高大形象，很少能像《打渔杀家》这样富于生活气息的细致的刻画。——有人说京剧缺少生活气息，殊不尽然。

叹皇陵

《大保国、探皇陵、二进宫》，简称《大、探、二》。这是一出找不到历史根据的戏，而且很多词句不通，甚至不知所云。但是这出戏久演不衰，很多人都爱听，包括文化程度很高的人。这是什么原因。原因是这出戏有很多唱，唱腔好听，听起来过瘾。有一个东欧的戏剧家到中国来，要求看中国的歌剧。介绍他看了不少中国戏曲，他说这都不是“歌剧”。后来请他看了《大、探、二》，他说：这才是“歌剧”。因为这出戏没有多少戏剧情节，没有大的戏剧动作，念白也很少，从头到尾就是唱，这和西方人的“歌剧”概念是符合的。这出戏旦角、老生、花脸的唱都很多，有各人的独唱，也有接口的轮唱，三个角色都得

* 初刊时间、初刊处未详，初收于北师大版《汪曾祺全集》第六卷。

有好嗓子。其中徐延昭的唱尤为吃重。因为徐延昭抱着一个铜锤，习惯上把大花脸就叫做“铜锤”，可见这出戏对于大花脸来说，有多么重要的意义。

细节的真实
——习剧札记

戏曲不像电影、小说那样要有很多的细节。传统戏曲似乎不大注重细节描写。但是也不尽然。

《武家坡》。薛平贵在窑外把往事和夫妻分别后的过程述说了一遍，王宝钏相信确是自己的丈夫回来了，开开窑门重相见：

王宝钏（唱）
开开窑门重相见，
我丈夫哪有五绺髯？
薛平贵（唱）
少年子弟江湖老，
红粉佳人两鬓斑。

＊初刊于《文艺欣赏》一九八五年第三期，初收于《晚翠文谈》。

三姐不信菱花照，

不似当年在彩楼前。

王宝钏（唱）

寒窑哪有菱花镜？

薛平贵（白）水盆里面——

王宝钏（接唱）

水盆里面照容颜。

（夹白）老了！

（接唱）

老了老了真老了，

十八年老了我王宝钏！

“十八年老了我王宝钏”，一句平常的话，中含几许辛酸！这里有一个非常精彩的细节：水盆里面照容颜。如果没有这个细节，戏是还能进行下去的。王宝钏可以这样唱：

菱花镜内来照影，

十八年老了我王宝钏！

然而感情上就差得多了。可以说王宝钏的满腹辛酸完全是水盆照影这个细节烘托出来的。寒窑里没有镜子，只能于水盆中照影，王宝钏十八年的苦况，可想而知。征人远出不归，她也没有心思照照自己的模样，她不需要镜子！这个细节是有非常丰富的内涵的。薛平贵的插白也写得极好，只有四个字："水盆里面"，这只是半句话。简短峭拔，增加了感情色彩，也很真实。如果写成一个完整的句子，文气就"懈"了。传统老戏的唱念每有不可及处，不可一概贬之曰："水"。

通过细节刻画人物，深挖感情的例子还有。比如《四进士》。比如《打渔杀家》萧恩父女出门时的对话。比如《三娘教子》老薛保打草鞋为小东人挣得夜读的灯油……

这些细节都是从生活中来的。情节可以虚构，细节则只有从生活中来。细节是虚构不出来的。细节一般都是剧作者从自己的生活感觉中直接提取的。写《武家坡》的人未必知道王宝钏是否真的没有一面镜子，他并没有王宝钏的生活，但是贫穷到没有镜子，只能于水盆中照影，剧作者是一定体验过或观察过这样的生活的。他把自己的生活经验设身处地地加之于王宝钏的身上了。从上述几例，也可说明：写历史剧也需要生活。一个剧作者自己的生活（现代生活）的积累越多，写古人才会栩栩如生。

细节，或者也可叫作闲文。然而传神阿堵，正在这些闲中着色之处。善写闲文，斯为作手。

《西方人看中国戏剧》读后

施叔青在纽约从电视里看到《秋江》，激动得不得了，“想到我们这一辈年青人，只顾一味的往外冲，盲目的崇洋，对于自己的文化忽略漠视，更可能是故意的鄙弃。这是多么不可原谅的一件事。”我倒觉得，跑出去，看看人家的戏，读读西方的剧本和戏剧理论，——包括西方人对中国戏剧的看法，再回过头来审视中国戏曲，是有好处的。我一直主张中国的戏曲研究者把中国戏曲和外国戏剧——比如印度的、欧洲的放在一起，从一个宏观的、俯视的角度来看看，这样才能把中国戏曲是个什么东西，说得比较清楚。施叔青如果不是到美国学了几年戏剧，就不会对中国戏曲有这样比较清醒，也比较新鲜的看法。

---

* 初刊于一九八八年八月二十日《文艺报》，初收于北师大版《汪曾祺全集》第四卷。

贯穿全书，有一个重要观点，是把戏曲和中国文化联系起来考察。戏曲是一种文化现象，是整个中国文化的一个部分，并和中国文化的其他方面息息相关。这是施叔青的老师俞大纲教授的观点，也是施叔青奉为圭臬的观点。施叔青在序里说："老师的高妙在于他能把握重点，从大的、根本性的地方着手。他讲京剧，其实是在讲中国文化。"

俞教授认为："中国文化主要的一点，是受儒家思想的支配，儒家思想的根据是伦理观念，所以中国是个以伦理思想为主的民族，中国人基于伦理而形成一种文化模式。对中国人而言，伦理的意识代替了东方和西方的宗教道德观念"。伦理观念不但是戏剧的思想内核，而且直接影响到戏剧形式。"中国戏曲在抒写各种人与人之间的相互的故事，人际关系的接触，可以烘托出人物的性格与德性。人际关系以及人与自己性格的协调，便是京剧剧本的冲突性"。我以为这见解是很深刻的。

施叔青指出：中国戏剧无西方式的悲剧，都是千篇一律大团圆的结局，促成这样安排的理由，可能与中国戏的目的有关，它主要偏重在教育功能。"'善有善报，恶有恶报'的信念必得反映到剧中人来。我们希望好人在历尽坎坷辛酸之余，最后应该有完满的下场，否则观众要抱憾离去的。"这似乎是大家都知道的事实，但是我们往往不正视这样的事实。

我觉得我们在处理京剧剧本时不能简单地对其中的伦理意识加以批判，或者抛弃。把这些都当成“封建糟粕”，予以剔除，是过于省事的办法。而且“剔除”也不易，正如施叔青所说：“忠孝节义”已经不是抽象的思想，而是具体的“现象”了。把这些剔除了，原来的剧本就不存在。中国的伦理观念不只具有阶级属性，同时是一种普遍的人性。它不随着封建时代的结束而消失。提起“大团圆”，有人就会皱眉，仿佛这是很丢脸的事。希腊悲剧英雄的结局未必一定就是唯一可取的，“大团圆”也没有什么不好。这和中国戏曲的重伦理有关，是中国戏曲的常有本质性的特征。如何对待这些问题，不属本文讨论的范围。我只是从读施叔青的书后，得到启发，觉得这些问题需要重新认识。——我想不会有人产生误解，以为我对传统戏曲主张原封不动。

近年来，布莱希特在中国产生很大影响。都说布莱希特从中国戏曲受到很大启发。一般都对他的“间离效果”很有兴趣，施叔青指出，布莱希特还“十分重视中国戏剧中的教诲功能，以及它所含有的道德内容”。一提“教诲功能”，有人就十分厌烦。这一点我们也需要重新认识。布莱希特的戏，比如《高加索灰阑记》，教诲功能是很清楚的，但不妨碍其为杰出的艺术。我希望我们的剧作家不要鄙视教诲功能，只是不要搞得那样浅露。

施叔青介绍了传播中国戏曲的几位名家，其中史考特是“忠实的移植者”，他导演了《四郎探母》、《蝴蝶梦》。他对《蝴蝶梦》（《大劈棺》）的主题解释（不知是史考特自己的阐述还是施叔青的揣测），我觉得很深刻：“《蝴蝶梦》的主题在述说着人在接受试探时，才反映人性的脆弱，以及容易受诱惑的劣根性，想要执着的困难。这是种普遍的人性。”

《大劈棺》在大陆事实上已经禁演，但是如果按照这样的解释，把它重写一遍，我以为会是一出好戏。施叔青对“二百五”被点化成人的过程极感兴趣，以为“其中道理之玄秘，以及‘点化’这一举动背后的隐藏的宗教哲学，更显出中国精神的深不可测”，我觉得施叔青的理解，真是“妙不可言”，可惜过去的演员不大懂得其中的玄秘。

《拾玉镯》的研究，通过对一出戏的分析，广涉中国戏曲的若干带有原理性的问题，照大陆的流行说法，是“解剖麻雀”。“中国人创造花旦的心理”一节最为精辟。施叔青以为“倘若以心理学的观点来探讨，花旦的产生可以说，在潜意识里是针对老生、青衣所标榜的道德的一种反叛”，“中国男人可以一边欣赏花旦的妖媚风骚，而不与他所尊敬的贞节烈女相冲突。可以说是青衣是男人的理想，花旦则是他们可亲的伴侣”，可谓发前人所未发，却也言之成理。此文的后半截是关于《拾玉镯》的详尽身段谱。中国许多戏都应有这样的身段谱。

我对台湾歌仔戏一无所知，但是看了《台湾歌仔戏》这部分文章，觉得很亲切。《危楼里的老艺人》、《阿花入城记》是两篇访问记，作者看来只是忠实地客观地记述两位歌仔戏的艺人生涯，没有加进自己很多的感情色彩，然而凄恻同情，溢于言表。《台湾歌仔戏初探》是一篇科学的全面的调查报告。这是一篇学术的论文，而且那样长（共一百零八页），但读起来趣味盎然，丝毫不觉得沉闷，因为文笔极好。施叔青是小说家，她是用写小说的笔写学术论文的。她在《哭俞老师》中说：“《拾玉镯》一文，以及其他有关中国戏剧的论述，我都是充分地用自己的想象力，很文学而抒情地来注释一些需要证据的问题，至于坐图书馆翻书，全不是我的兴趣所在。”把学术性和抒情性结合起来，是本书的始终一贯的特点。这一特点正是目前的学术文章（包括关于戏曲的论文）所缺乏的。

关于木偶、曲艺部分，我实在太生疏，只能当散文读，不能赞一词。

一九八八年七月十一日

《中国京剧》序

小小年纪，他就会唱：

“一马离了西凉界。”

——卞之琳

卞之琳是浙江人，说起话来北方人听起来像南方话，南方人听起来像北方话。他大概不大看京剧。但是生活在北京这个环境里，大街小巷随时听得到京剧，真是“洋洋乎盈耳”。我觉得卞之琳其实是很懂京剧的。这个唱“一马离了西凉界”的孩子，不但会这句唱腔，而且唱得“有味儿”，唱出了薛平贵满腹凄怆的感情。

京剧作为一种“非书面文化”，其影响之深远，也许

---

* 原载于《中国京剧》（徐城北著，广东旅游出版社一九九六年版），初收于北师大版《汪曾祺全集》第六卷。

只有国画和中国烹饪可以与之相比。

京剧文化是一种没有文化的文化。京剧原本是没有剧作者的。唐三千，宋八百的本子不知是什么人，怎么“打”出来的。周扬说过京剧对于历史事件、历史人物往往是简单化的。但是人们容忍了这种简单化，习惯于简单化。有的京剧歪曲了历史。比如刘秀并没有杀戮功臣，云台二十八将的结局是很风光的，然而京剧舞台上演的是《打金砖》。谁也没有办法。观众要看，要看刘秀摔“硬僵尸”。京剧有一些是有文学性的，时有俊语，如“走青山望白云家乡何在”(《桑园寄子》)、“一轮明月照芦花”(《打渔杀家》)，但是大部分唱词都很“水”。有时为了“赶辙”，简直不知所云。《探皇陵》里的定国公对着皇陵感叹了一番，最后一句却是“今日里为国家一命罢休”，这位元老重臣此时并不面临生与死的问题啊，怎么会出来这么一句呢？因为这一段是“由求”辙。《二进宫》李艳妃唱的是“李艳妃设早朝龙书案下”。张君秋收到一个小学生的信，说“张叔叔，您唱的李艳妃怎么会跑到书桌底下去设早朝呀？”君秋也觉得不通，曾嘱我把这一段改改。没法改，因为全剧唱词都是这样，几乎没一句是通的。杨波进宫前大唱了一段韩信的遭遇，实在是没来由。听谭富英说，原来这一段还唱到“渔樵耕读”，言菊朋曾说要把这段教给他。听说还有在这段里唱“四季花”的。有的唱词不通到叫人无法理解，不通得奇怪，如《花田错》的“桃花怎比杏花黄”。桃花杏花都不黄，只因为这段是“江阳”。京剧有些唱词是各戏通用的，如[点将唇]“将士英豪，儿郎虎豹……”长靠戏的牌子[石榴花]、[粉蝶儿]都是一套，与剧情游离。有的武生甚至把《铁笼山》的牌子原封不动地唱在《挑滑车》里。有的戏没有定本，只有一个简略的提纲，规定这场谁上，“见”谁，大体情节，唱念可以由演员随意发挥，谓之“提纲戏”、“幕表戏”或“跑梁子”。马长礼曾在天津搭刘汉臣的班。刘汉臣排《全本徐策》，派长礼的徐夫人。有一场戏是徐策在台上唱半天，“甩”下一句“腿”，徐夫人上，接这句“腿”。长礼问：“我上去唱什么？”——“你只要听我在头里唱什么辙，缝上，就行了。”长礼没听明白刘汉臣唱的什么，只记住是“发花”辙。一时想不出该唱什么。刘汉臣人称“四爷”，爱在台上“打哇呀”，这天他又打开了哇呀，长礼出场，接了一句：“四爷为何打哇呀？”

既然京剧是如此的没文化，为什么能够存在了小二百年，为什么会有那么多演员，有才华的演员，那么多观众，那么多戏迷，那么多票友，艺术造诣很深的名票？像红豆馆主这样的名票，像言菊朋这样下海的票友，他们都是有文化的，未必他们不知道京剧里有很多“水词”，很多不通的唱词？但是他们照样唱这种不通的唱词，很少人想改一改（改唱词就要改唱腔）。京剧有一套完整的程式，唱、念、做、打、手、眼、身、法、步。这些程式可以有多种组合，变化无穷，而且很美。京剧的念白是一个古怪的东西，它是在湖北话的基础上（谭鑫培的家里是说湖北话的，一直到谭富英还会说湖北话）形成的一种特殊的语言，什么方言都不是，和湖北话也有一定的距离（谭鑫培的道白湖北味较浓，听《黄金台》唱片就可发现）。但是它几乎自成一个语系，就是所谓“韵白”。一般演员都能掌握，拿到本子，可以毫不费事地按韵白念出来。而且全国京剧都用这种怪语言。这样语言形成一种特殊的文体，尤其是大段念白，即顾炎武所说的“整白”（相对于“散白”），不文不白，似骈似散，抑扬顿挫，起落铿锵，节奏鲜明，很有表现力（如《审头刺汤》、《四进士》）。京剧的唱是一个更加奇怪的东西。决定一个剧种的特点的，首要的是它的唱。京剧之所以能够成为全国性的大剧种，把汉剧、徽剧远远地甩在后面，是因为它在唱上大大地发展了。京剧形成许多流派，主要的区别在唱。唱，包括唱腔和唱法，更重要的是唱法，因为唱腔在不同流派中大同小异。中国京剧的唱有一个玄而又玄的概念，叫做“味儿”，有味儿，没味儿；“挂”味儿，不“挂”味儿。这在外国人很难体会。帕瓦罗蒂对余叔岩的唱法一定不能理解，他不明白“此一番领兵……”的“擻”是怎么弄出来的。他一定也品不出余派的“味儿”。京剧的唱造成京剧鲜明的民族特点。在代代相传、长期实践中，京剧演员总结出了一些唱念表演上的带规律性的东西，如“先打闪，后打雷”——演唱得“蓄势”，使观众有预感。如“逢大必小，逢左必右”，这是概括得很好的艺术辩证法。如台上要是“一棵菜”，——强调艺术的完整性。

京剧演员大都是“幼而失学”，没有读过多少书，文化程度不高。裘盛戎说他自己是没有文化的文化人，没有知识的知识分子。但是很奇怪，没有文化，对艺术的领悟能力却又非常之高。盛戎排过《杜鹃山》，原来有一场“烤番薯”，山上断粮，以番薯代饭，番薯烤出香味，雷刚惦记山下乡亲在受难，想起乡亲们待他的好处，有这样两句唱：

一块番薯掰两半，
曾受深恩三十年。

设计唱腔的同志不明白“一块番薯掰两半”是什么意思。盛戎说：“这怎么不明白？‘一块番薯掰两半’，有他吃的就有我吃的！”他在唱法上这样处理：“掰两半”虚着唱，带着遥远的回忆；“深恩”二字用了浑厚的胸腔共鸣，倾出难忘的深情。盛戎那一代的名演员都非常聪明，理解得到，就表现得出。李少春、叶盛兰都是这样。他们是一代才人，一批京剧才子，这一代演员造成京剧真正的黄金时期。为什么会这样？因为他们是在几代人积累起来的京剧文化里长大的。

京剧文化成了风靡全国的文化，一种独特的文化传统。这种文化不仅造就了京剧自身，也影响了其他艺术，诸如年画、木雕、泥人、刺绣。不能不承认，京剧文化是一种文化，虽然它是没有文化的文化。又因为它是没有文化的文化，所以现在到了“夕阳无限好，只是近黄昏”的时候。这是一种没有文化的文化，这是京剧走向衰落的根本原因。命中注定，无可奈何。

徐城北从事京剧工作有年。他是“自投罗网”。他的散文、杂文、旧体诗词都写得很好，但是却选中了京剧。他写剧本，写关于京剧的文章。用现在流行的说法，很“投入”。同时他又能跳出京剧看京剧，很“超脱”。他的文章既不似一般票友那样陈旧，也不像某些专业研究者那样啰嗦。他写过概论性的文章，写过戏曲史的札记，也写过专题的论文。他对“梅兰芳文化现象”的研究，我以为是深刻的，独到的。现在他又写了一本《京剧文化初探》，我以为开拓了一个新的领域。自来谈京剧的书亦多矣，但是从文化角度审视京剧的，我还没有见过。城北所取的角度，是新的角度。也许只有从文化角度审视京剧，才能把京剧说清楚。既然“初探”，自然是草创性的工作，要求很深刻、很全面，是不可能的。更深入的探求，扩大更广阔的视野，当俟来日。

一九九四年十一月三十日

用韵文想

一位有经验的戏曲作家曾对一个初学写戏曲的青年作者说：你就把它先写成一个话剧，再改成戏曲。我觉得这不是办法。戏曲和话剧有共同的东西，比如都要有人物，有情节，有戏剧性。但是戏曲和话剧不是一种东西。戏曲和话剧体制不同。首先利用的语言不一样。话剧的语言（对话）基本上是散文；戏曲的语言（唱词和念白）是韵文。语言是思想的直接的现实。思维的语言和写作的语言应该是一致的。要想学好一门外语，要做到能用外语思维。如果用汉语思维，而用外语表达，自己在脑子里翻译一道，这样的外语总带有汉语的痕迹，是不地道的。写戏曲也是这样。如果用散文思维，却用韵文写作，把散文的意思翻

* 初刊于《剧本》一九八六年第三期，初收于《晚翠文谈》。

成韵文，这样的韵文就不是思想直接的现实，成了思想的间接的现实了。这样的韵文总是隔了一层，而且写起来会很别扭。这样的韵文不易准确、生动，更谈不上能有自己的风格。我觉得一个戏曲作者应该养成这样的习惯：用韵文来想。想的语言就是写的语言。想好了，写下来就得了。这样才能获得创作心理上的自由，也才会得到创作的快乐。

唱词是戏曲的重要的组成部分。写好唱词是写戏曲的基本功。我们通常所说的一个戏曲剧本的文学性强不强，常常指的是唱词写得好不好。唱词有格律，要押韵，这和我们的生活语言不一样。有的民间歌手运用格律、押韵的本领是令人惊叹的。我在张家口遇到过一个农民，他平常说的话都是押韵的。在兰州听一位诗人说过，他有一次和婆媳二人同船去参加一个花儿会，这婆媳二人一路上都是用诗交谈的！这媳妇到一个娘娘庙去求子，她跪下来祷告，那祷告词是这样的：

今年来了我是跟您要着哩，
明年来我是手里抱着哩，
咯咯嘎嘎地笑着哩！

民间歌手在对歌的时候，都是不加思索，出口成章。写戏曲的同志应该向民间歌手学习。驾驭格律，韵脚，是要经过训练的。向民歌学习是很重要的。我甚至觉得一个戏曲作者不学习民歌，是写不出好唱词的。当然，要向戏曲名著学习。戏曲唱词写得最准确、流畅、自然的，我以为是《董西厢》和《琵琶记》的《吃糠》和《描容》。我觉得多读一点元人小令有好处。元人小令很多写得很玲珑，很轻快，很俏。另外，还得多写，熟能生巧。戏曲，尤其是板腔体的格律看起来是很简单，不过是上下句，三三四,二二三。但是越是简单的格律越不好掂估，因为它把作者的思想捆得很死。我们要能“死里求生”，在死板的格律里写出生动的感情。戏曲作者在构思一段唱词的时候，最初总难免有一个散文化的阶段，即想一想这段唱词大概意思。但是大概的意思有了，具体地想这段唱词，就要摆脱散文，进入诗的境界。想这段唱词，就要有律，有韵。唱词的格律、韵辙是和唱词的内容同时生出来的，不是后加的。写唱词有个选韵的问题。王昆仑同志有一次说他自己是先想好哪一句话非有不可，这句话是什么韵，然后即决定全段用什么韵。这是很实在的经验之谈。写唱词最好全段都想透了，再落笔。不要想一句写一句。想一句，写一句，写了几句，觉得写不下去了，中途改辙，那是很痛苦的。我们要熟练地掌握格律和韵脚，使它成为思想的翅膀，而不是镣铐。带着格律、韵脚想唱词，不但可以水到渠成，而且往往可以情文相生。我写《沙家浜》的“人一走，茶就凉”，就是在韵律的推动下，自然地流出来的。我在想的时候，它就是“人一走，茶就凉”，不是想好一个散文的意思，再寻找一个喻象来表达。想的是散文，翻成唱词，往往会削足适履，舌本强硬。我们应该锻炼自己的语感、韵律感、音乐感。

戏曲还有引子、定场诗、对子。我以为这是中国戏曲语言的特点，而且关系到戏曲的结构方法。不但历史题材的戏曲里应该保留，就是现代题材的戏曲里也可运用。原新疆京剧团的《红岩》里就让成岗打了一个虎头引子，效果很好。小时候听杨小楼《战宛城》唱片，张绣上来念了一句对子：“久居人下岂是计，暂到宛城待来时”，觉得有一种说不出来的悲怆之情。“丈夫有泪不轻弹，只因未到伤心处”[1]，“看看不觉红日落，一轮明月照芦花”[2]，这怎么能去掉呢？我以为戏曲作者应该在引子、对子、诗上下一点功夫。不可不讲究。我写《擂鼓战金山》，让韩世忠念了一副对子：“楼船静泊黄天荡，战鼓遥传采石矶”，自以为对得很巧，只是台上没有产生预期的效果，大概是因为太文了。看来引子、对子、诗，还是俗一点为好。

---

1 《宝剑记·夜奔》。

2 《打渔杀家》。

戏曲的念白，也是一种韵文。韵白不用说。就是京白的韵律感也是很强的，不同于生活里的口语，也不同于话剧的对话。戏曲念白，明朝人把它分为“散白”和“整白”。“整白”即大段念白。现在善写唱词的不少，但念白写得好的不多。“整白”有很强的节奏，起落开阖，与中国的古文很有关系。“整白”又往往讲求对偶，这和骈文也很有关系。我觉得一个戏曲工作者应该读一点骈文。汉赋多平板，《小园赋》、《枯树赋》却较活泼。刘禹锡的《陋室铭》不可不读。我觉得清代的汪中的骈文是很有特点的。他写得那样自然流畅，简直不让人感到是骈文。我愿意向青年戏曲作者推荐此人的骈文。好在他的骈文也不多，就那么几篇。当然，要熟读《四进士》宋士杰和《审头·刺汤》里的陆炳的大段念白。

中国戏曲和小说的血缘关系

自从布莱希特以后，世界戏剧分作了两大类。一类是戏剧的戏剧，一类是叙事诗式的戏剧。布莱希特带来了戏剧观念的革命。布莱希特的戏剧观可能受了中国戏曲的影响。元杂剧是个很怪的东西。除了全剧一个人唱到底，还把任何生活一概切成四段（四出）。或许，元杂剧的作者认为生活本身就是天然地按照四分法的逻辑进行的，这也许有道理。四是一个神秘的数字。元杂剧的分“出”，和十九世纪西方戏剧的分“幕”不尽相同，但有暗合之处（古典西方戏剧大都是四幕）。但是自从传奇兴起，中国的剧作者的戏剧观点、思想方式，发生了很大的变化，同时带来结构方式的变化。传奇的作者意识到生活的连续性、

* 初刊于《人民文学》一九八九年第八期，初收于《汪曾祺小品》。

流动性，不能人为地切做四块，于是由大段落改为小段落，由“出”改为“折”。西方古典戏剧的结构像山，中国戏曲的结构像水。这种滔滔不绝的结构自明代至近代一直没有改变。这样的结构更近乎是叙事诗式的，或者更直截了当地说：是小说式的。中国的演义小说改编为戏曲极其方便，因为结构方法相近。

中国戏曲的时空处理极其自由，尤其是空间，空间是随着人走的，一场戏里可以同时表不同的空间（中国剧作家不知道所谓三一律，因此不存在打破三一律的问题）。《打渔杀家》里萧恩去出首告状，被县官吕子秋打了四十大板，轰出了县衙。他的女儿桂英在家里等他。上场唱了四句：

老爹爹清晨起前去出首，
倒叫我桂英儿挂在心头。
将身儿坐至在草堂等候，
等候了爹爹回细问根由。

在每一句之后听到后台的声音：“一十，二十，三十，四十，赶了出去！”这声音表现的是萧恩在公堂上挨打。一个在江那边，一个在江这边，一个在公堂上，一个在家里，这“一十，二十”怎么能听得到？谁听见的？《一匹布》是一出极其特别的、带荒诞性的“玩笑剧”。李天龙的未婚妻死了，丈人有言，等李天龙续娶时，把女儿的四季衣裳和陪嫁银子二百两给他。李天龙家贫，无力娶妻，张古董愿意把妻子沈赛花借给他，好去领取钱物，声明不能过夜。不想李天龙沈赛花被老丈人的儿子强留住下了。张古董一看天晚了，赶往城里，到了瓮城里，两边的城门都关了，憋在瓮城里过了一夜。舞台上一边是老丈人家，李天龙、沈赛花各怀心事；一边是瓮城，张古董一个人心急火燎，咕咕哝哝。奇怪的是两边的事不但同时发生，而且两处人物的心理还能互相感应，又加上一个毫不相干，和张古董同时被关在瓮城里的一个名叫“四合老店”的南方口音的老头儿跟着一块瞎打岔，这场戏遂饶奇趣。这种表现同时发生在不同空间的事件的方法，可以说是对生活的全方位观察。

中国戏曲，不很重视冲突。有一个时期，有一种说法，戏剧就是冲突，没有冲突不成其为戏剧。中国戏曲，从整出看，当然是有冲突的，但是各场并不都有冲突。《牡丹亭·游园》只是写了杜丽娘的一派春情，什么冲突也没有。《长生殿·闻铃·哭象》也只是唐明皇一个人在抒发感情。《琵琶记·吃糠》只是赵五娘因为糠和米的分离联想到她和蔡伯喈的遭际，痛哭了一场。《描容》是一首感人肺腑的抒情诗，赵五娘并没有和什么人冲突。这些著名的折子，在西方的古典戏剧家看来，是很难构成一场戏的。这种不假冲突，直接地抒画人物的心理、感情、情绪的构思，是小说的，非戏剧的。

戏剧是强化的艺术，小说是入微的艺术。戏剧一般是靠大动作刻划人物的，不太注重细节的描写。中国的戏曲强化得尤其厉害。锣鼓是强化的有力的辅助手段。但是中国戏曲又往往能容纳极精微的细节。《打渔杀家》萧恩决定过江杀人，桂英要跟随前去，临出门时，有这样几句对白：“开门哪！”“爹爹呀请转！这门还未曾上锁呢。”“这门呶！——关也罢，不关也罢！”“里面还有许多动用家具呢。”“傻孩子呀，门都不要了，要家具则甚哪！”“不要了？喂噫……”“不省事的冤家呀……！”

从戏剧情节角度看，这几句话可有可无。但是剧作者（也算是演员）却抓住了这一细节，表现出桂英的不懂事和失路英雄准备弃家出走的悲怆心情，增加了这出戏的悲剧性。

《武家坡》里，薛平贵在窑外述说了往事，王宝钏确信是自己的丈夫回来了，开门相见：

王宝钏（唱）

开开窑门重相见，

我丈夫哪有五绺髯？

薛平贵（唱）

少年子弟江湖走，

红粉佳人两鬓斑。

三姐不信菱花照，

不似当年在彩楼前。

王宝钏（唱）

寒窑哪有菱花镜？

薛平贵（白）

水盆里面——

王宝钏（接唱）

水盆里面照容颜。

（夹白）老了！

（接唱）

老了老了真老了，

十八年老了我王宝钏！

水盆照影，是一个非常精彩的细节。王宝钏穷得置不起一面镜子，她茹苦含辛，也无心对镜照影。今日在水盆里一照：老了！“十八年老了我王宝钏”，千古一哭！

这种“闲中著色”，涉笔成情，手法不是戏剧的，是小说的。

有些艺术品类，如电影、话剧，宣布要与文学离婚，是有道理的。这些艺术形式绝对不能成为文学的附庸，对话的奴仆。但是戏曲，问题不同。因为中国戏曲与文学——小说，有割不断的血缘关系。戏曲和文学不是要离婚，而是要复婚。中国戏曲的问题，是表演对于文学太负心了！

一九八九年五月七日

关于“样板戏”

有这么一种说法：“样板戏”跟江青没有什么关系，江青没有做什么，“样板戏”都是别人搞出来的，江青只是“剽窃”了大家（“样板团”的全体成员）的劳动成果。我认为这种说法是不科学的，这不符合事实。江青诚然没有亲自动手做过什么，但是“样板戏”确实是她“抓”出来的。她抓的很全面，很具体，很彻底。从剧本选题、分场、推敲唱词、表导演、舞台美术、服装，直至铁梅衣服上的补丁、沙奶奶家门前的柳树，事无巨细，一抓到底，限期完成，不许搪塞违拗。北京京剧团曾将她历次对《沙家浜》的“指示”打印成册，相当厚的一本。我曾经把她的

---

* 初刊于《文艺研究》一九八九年第三期，初收于北师大版《汪曾祺全集》第四卷。

"指示"摘录为卡片，相当厚的一沓（这套卡片后来散失了，其实应当保存下来，这是很好的资料)。江青对"样板戏"确是花了很多"心血"的（不管花的是什么样的"心血"），说江青对"样板戏"没有做过什么事，这是闭着眼睛说瞎话。有人企图把"样板戏"和江青"划清界线"，以此作为"样板戏"可以"复出"的理由，我以为是不能成立的。你可以说："样板戏"还是好的，虽然它是江青抓出来的（假如这种逻辑能够成立），但是不能说"样板戏"与江青无关。

前几年有人著文又谈"样板戏"的功过，似乎"样板戏"还可以一分为二。我以为从总体上看，"样板戏"无功可录，罪莫大焉。不说这是"四人帮"反党夺权的工具（没有那样直接），也不说"八亿人民八出戏"，把中国搞成了文化沙漠（这个责任不能由"样板戏"承担），只就"样板戏"的创作方法来看，可以说：其来有因，遗祸无穷。"样板戏"创作的理论根据是：革命的现实主义和革命的浪漫主义相结合（即所谓"两结合"），具体化，即是主题先行和"三突出"。"三突出"是于会泳的发明，即在所有的人物里突出正面人物，在正面人物中突出英雄人物，在英雄人物中突出主要英雄人物。这个阶梯模式的荒谬性过于明显了，以致江青都说："我没有说过'三突出’，我只说过‘一突出’。”她所谓“一突出”，即突出英雄人物。在这里，不想讨论英雄崇拜的是非，只是我知道江青的“英雄”是地火风雷，全然无惧，七情六欲，一概没有的绝对理想，也绝对虚假的人物。“主题先行”也是于会泳概括出来，上升为理论的，但是这种思想江青原来就有。她十分强调主题，抓一个戏总是从主题入手：主题不能不明确；这个戏的主题是什么；主题要通过人物来表现——也就是说人物是为了表现主题而设置的。她经常从一个抽象的主题出发，想出一个空洞的故事轮廓，叫我们根据这个轮廓去写戏，她曾经叫我们写一个这样的戏：抗日战争时期，从八路军派一个干部，打入草原，发动奴隶，反抗日本侵略者和附逆的王爷。我们为此四下内蒙，作了很多调查，结果是没有这样的事。我们还访问了乌兰夫同志，李井泉同志。李井泉同志（当时是大青山李支队的领导人）说：“我们没有干过那样的事，不干那样的事。”我们回来向于会泳汇报，说：“没有这样的生活”，于会泳说了一句名言：“没有这样的生活更好，你们可以海阔天空。”“样板戏”多数——尤其是后来的几出戏，就是这样无中生有，“海阔天空”地瞎编出来的。“三突出”、“主题先行”是根本违反艺术创作规律，违反现实主义的规律的。这样的创作方法把“样板戏”带进了一条绝径，也把中国的所有的文艺创作带进了一条绝径。直到现在，这种创作方法的影响还时隐时现，并未消除干净。

从局部看，“样板戏”有没有可以借鉴的经验？我以为是有的。“样板戏”试图解决现代生活和戏曲传统表演程式之间的矛盾，做了一些试验，并且取得了成绩，使京剧表现现代生活成为可能。最初的“样板戏”（《沙家浜》、《红灯记》）的创作者还是想沿着现实主义的路走下去的。他们写了比较口语化的唱词，希望唱词里有点生活气息，人物性格。有些唱词还有点朴素的生活哲理，如《沙家浜》的“人一走，茶就凉”，《红灯记》的“穷人的孩子早当家”。到后来就全为空空洞洞的“豪言壮语”所代替了。“样板戏”的唱腔有一些是不好的。有一个老演员听了一出“样板戏”的唱腔，说：“这出戏的唱腔是顺姐的妹妹——别妞（别扭）。”行腔高低，不合规律。多数“样板戏”拼命使高腔，几乎所有大段唱的结尾都是高八度。但是应该承认有些唱腔是很好听的。于会泳在音乐上是有才能的。他吸收地方戏、曲艺的旋律入京戏，是成功的。他所总结的慢板大腔的“三送”（同一旋律，三度移位重复），是很有道理的。他所设计的“家住安源”（《杜鹃山》）确实很哀惋动人。《海港》“喜读了全会的公报”的“二黄宽板”，是对京剧唱腔极大的突破。京剧加上西洋音乐，加了配器，有人很反对。但是很多搞京剧音乐的同志，都深感老是“四大件”（京胡、二胡、月琴、三弦）实在太单调了。加配器势在必行。于会泳在这方面是有贡献的，他所设计的幕间音乐与下场的唱腔相协调，这样的音乐自然地引出下面一场戏，不显得“硌生”，《智取威虎山》“打虎上山”的幕间曲可为代表。

“样板戏”与“文化大革命”相始终，在中国舞台上驰骋了十年。这是一个畸形现象，一个怪胎。但是我们还是应该深入、客观对它进行一番研究。“大百科全书”，《辞海》都应该收入这个词条。像现在这样，不提它，是不行的。中国现代戏曲史这十年不能是一页白纸。

一九八八年九月三十日

“样板戏”谈往

样 板 戏

“样板戏”这个说法是不通的。什么是“样板”？据说这是服装厂成批生产据以画线的纸板。文艺创作怎么能像裁衣服似的统一标准、整齐划一呢？一九六三年冬天，江青在上海看戏，带回两个沪剧剧本，一个《芦荡火种》，一个《革命自有后来人》，让北京京剧团和中国京剧院改编成京剧。那时只说是搞“革命现代戏”。后来她有个说法，叫“种试验田”。《芦荡火种》后改名为《沙家浜》，《革命自有后来人》定名为《红灯记》。一九六五年五一节，

* 初刊于《长城》一九九三年第一期，初收于北师大版《汪曾祺全集》第五卷。

《沙家浜》在上海演出，经江青审查批准，作为“样板”。“样板戏”的名称大概就是这时叫开了的。我曾听她说过：“今年的两块样板是……”

“样板戏”是“文化大革命”的先导，到一九七六年“四人帮”垮台结束。可以说与“文化大革命”相始终，举其成数，时间约为十年。

“文化大革命”是中国政治史上一场噩梦。“样板戏”也是中国文艺史上一场噩梦。“样板戏”一去不复返矣。有人企图恢复“样板戏”，恐怕是不可能的。但是“样板戏”的教训还值得吸取，“样板”现象值得反思。“样板戏”的亡魂不时还在中国大地上游荡。

三 结 合

江青创造了一个“三结合”创作法。“三结合”是领导、群众、作者相结合。领导出思想，群众出生活，作者出技巧。创作是一个浑然的整体，怎么可以机械地分割开呢？“领导”，实际上就是江青。她出思想。这就是说作者不需要思想。“群众出生活”，就是到群众中去采访座谈，记录一点“生活素材”，回来编编纂纂。当时创作都是集体创作，每一句都得举手通过。这样，剧作者还能有什么“主体意识”，还有什么创作的个性呢？现在看起来，这简直是荒唐。可是当时就是这样干的，一干干了十年。我们剧院有一个编剧，说“我们只是创作秘书”。他说这样的话，并没有不满情绪。不料这句话传到于会泳耳朵里（当时爱打小报告的人很多），于会泳大为生气，下令批判。批了几次，也无结果，不了了之，因为这是事实。

“三突出”和“主题先行”

“样板戏”创作的理论基础是“三突出”和“主题先行”。

“三突出”，是在所有的人物中突出正面人物，在正面人物中突出英雄人物，在英雄人物中突出主要英雄人物。“三突出”是于会泳的创造，见于《智取威虎山》的总结。把人物划分三个阶梯，为全世界文艺理论中所未见，实在是一大发明。连江青都觉得这个模式实在有些勉强。她说过：“我没有说过‘三突出’，我只说过‘一突出’。”江青所说的“一突出”即突出主要英雄，即她不断强调的“一号人物”。把人物排队编号，也是一大发明。《沙家浜》的主角本来是阿庆嫂，江青一定要把郭建光树成一号人物。芭蕾是“绝对女主角”，《红色娘子军》主角原是吴清华，她非把洪常青树成一号不可。为什么要这样搞？江青有江青的“原则”。为什么郭建光是一号人物？因为是武装斗争领导秘密工作，还是秘密工作领导武装斗争？为什么洪常青是一号？因洪常青是代表党的，而吴清华只是在洪常青教育下觉醒的奴隶。这种划分，和她的题材决定论思想是有关系的。结果是一号人物怎么树还是树不起来，给人印象较深的还是二号人物。因为二号人物多少还有点性格，有戏。“样板戏”的人物，严格说不是人物，不是活人，只是概念的化身，共产主义伦理道德规范的化身，“党性”的化身。他们都不是血肉之躯，没有家室之累，儿女之情，一张嘴都是豪言壮语。王蒙曾在一篇文章里调侃地说：“样板戏的人物好像都跟天干上了，‘冲云天’，‘冲霄汉’。”“主题先行”，也是于会泳概括出来的。这种思想，江青原来就有，不过不像于会泳概括得这样简明扼要。江青抓戏，大都是从主题入手。改编《杜鹃山》的时候，她指示：“主题是改造自发部队，这一点不能不明确。”她说过：“主题是要通过人物来体现的。”反过来说，人物是为了表现主题而设置的。这些话乍听起来没有大错，但实际上这是从概念出发，是违反创作规律的。“领导出思想”，江青除了定主题，定题材，还要规定一个粗略的故事轮廓。这种故事轮廓都是主观主义，凭空设想，毫无生活根据的。她原来抓了很长时期的《红岩》，后来又认为解放前夕四川党就烂了，“我万万没有想到四川党那时还有王明路线！”她随便一句话，四川党就被整惨啰！她决定放弃《红岩》，另写一个戏，写：从军队上派一个女的政工干部到重庆，不通过地方党，通过一个社会关系，打进兵工厂，发动群众护厂，迎接解放。不通过地方党，通过一个社会关系开展工作，党的秘密工作有这么干的么？我和另一个编剧阎肃都没有这样的生活（也不可能有这样的生活），只好按她的意旨编造了一个提纲，向她汇报，她竟然很满意。那次率领我们到上海（江青那时在上海）的是北京市委宣传部长李琪。我们把提纲念给李琪听了，李琪冷笑着说：“看来没有生活也是可以搞创作的噢？”这个戏后来定名为《山城旭日》，彩排过，没有演出。她原来想改编乌兰巴干的《草原烽火》，后来不搞了，叫我们另外写个戏，写：从八路军派一个政工干部（她老爱从军队上派干部），打进草原，发动奴隶，反抗日本侵略者和附逆的王爷。我们几个编剧四下内蒙，搜集生活素材。搜集不到。我们访问过乌兰夫和李井泉，他们都不赞成写这样的戏。当时党对内蒙的政策是：蒙古的王公贵族和牧民团结起来，共同抗日。乌兰夫说写一个坏王爷，牧民是不会同意的。李井泉说：你们写这个戏的用意，我是理解的，但是我们没有干过那种事。我不干那种事。他还给我们讲了个故事：红军长征，路过彝族地区，毛主席叫他留下来，在这里开辟一个小块根据地。第二天毛主席打来一个电报，叫他们赶快回来。这个地区不具备开辟工作的条件。李井泉等人赶快走。身上衣服都被彝族人剥光了。写这样的戏不但违反生活真实，也违反党的民族政策。我们回来，向于会泳汇报，说没有这样的生活。于会泳说了一句非常精彩的话："没有生活更好，你们可以海阔天空。""四人帮"垮台后，文化部召集了一个关于文艺创作的座谈会，会议主持人是冯牧。我在会上介绍了于会泳的这句名言。冯牧说："什么叫'海阔天空'，就是瞎编！"一点不错，除了瞎编，还能有什么办法？这个戏有这样一场：日本人把几个盐池湖都控制了起来，牧民没有盐吃。有一天有一个蒙奸到了一个浩特，带来一袋盐，要分给牧民，这盐是下了毒的。正在危急关头，那位八路军政工干部飞马赶到，大叫："这盐不能吃！"他抓了一把盐，倒一点水在碗里，把盐化开，让一只狗喝了。狗喝了，四脚朝天，死了。在给演员念这一场时，一个演员说：你们真能瞎造。我只听说大牲口喂盐的，没听说过给狗喝盐水。狗肯喝吗？再说哪找这么个狗演员去？举此一例，足可说明“主题先行”会把编剧憋得多么胡说八道。

样 板 团

在江青直接领导之下创演“样板戏”的剧团变成了“样板团”。“样板团”的“战士”待遇很特殊，吃样板饭：香酥鸡、番茄烧牛肉、炸黄花鱼、炸油饼……每天换样。穿样板服，夏天，春秋天各一套，银灰色的确良，冬天还发一身军大衣。样板服的式样、料子、颜色都是江青亲自定的。她真有那闲工夫！样板团称样板饭为“板儿餐”、样板服为“板儿服”。一些被精简到“五七干校”劳动的演员、干部则自称“板儿刷”。

每排一个样板戏，都要形式主义地下去体验一下生活，那真是“御使出朝，地动山摇”。

为排《沙家浜》，到了苏州、常熟。其实这时《沙家浜》已经在上海演出过，下去只是补一补课。到阳澄湖内芦苇荡里看了看，也就那样。剧团排练、辅导，我没什么事，就每天偷偷跑出去吃糟鹅，喝百花酒。

为排《红岩》，到过重庆。在渣滓洞坐过牢（这是江青的指示：要坐一坐牢)，开过龙光华烈士的追悼会。假戏真做，气氛惨烈。至华蓥山演习过“扯红”，即起义。那天下大雨，黑夜之间，山路很不好走，随时有跌到山涧里的危险。“政委”是赵燕侠，已经用小汽车把她送上山，在一个农民家等着。这家有猫。赵燕侠怕猫，用一根竹竿不停地在地上戳。到该她下动员令宣布起义时，她说话都不成句了。这是“体验生活”么？充其量，可以说是做戏剧小品，不过这个“小品”可真是兴师动众，劳民伤财。

为了排《杜鹃山》，到过安源，安源倾矿出动，敲锣打鼓，夹道欢迎这些“毛主席派来的文艺战士”。那天红旗不展，万头皆湿，——因为下大雨。

样板团的编导下去了解情况，搜集材料，俨然是“特使”，各地领导都是热情接待，亲自安排。唯恐稍有不周，就是对样板戏的态度问题。

经验

“样板戏”是不是也还有一些可以借鉴的经验？我以为也有。一个是重视质量。江青总结了五十年代演出失败的教训，以为是质量不够，不能跟老戏抗衡。这是对的。

她提出“十年磨一戏”。一个戏磨上十年，是要把人磨死的。但戏总是要“磨”的，“萝卜快了不洗泥”，搞不出好戏。一个是唱腔、音乐，有创新、突破；把京剧音乐发展了。于会泳把曲艺、地方戏的音乐语言揉进京剧里，是成功的。《海港》里的二黄宽板，《杜鹃山》“家住安源”的西皮慢二六，都是老戏里所没有的板式，很好听。

一九九二年六月十四日

中国戏曲有没有间离效果

布莱希特谈他的“间离效果说”是受了中国戏曲的启发而提出的。但是，中国的布莱希特研究者很少联系中国戏曲；中国的戏曲演员和教戏的老师又根本不理睬布莱希特的那一套。到底中国戏曲有没有间离效果呢？我以为是有的。

间离效果，照我的粗浅的、中国化了的理解，是：若即若离，入情入理。

中国的有些戏曲是使人激动，催人落泪的，比如越剧的祝英台哭灵，山西梆子的《三上轿》。但是有些戏，即使带有悲剧性，也并不那样使人激动。看了川剧《打神告

* 初刊一九八一年四月二十六日《北京戏剧报》，初收于人民文学版《汪曾祺全集》第九卷。

庙》、昆曲的《断桥》，很少人会因之而热泪盈眶，失声啜泣的。有人埋怨中国戏曲不那样感动人，他埋怨错了。有些戏的目的本不在使人过于感动。中国的观众和舞台，演员和角色之间，是存在着一段距离的。戏曲演员的服装、化妆和程式化的表演，很难使人相信他是一个真人。演员自己也不相信他就是周瑜或是诸葛亮。演戏的演“戏”，看戏的看“戏”。中国的观众一边感受着，欣赏着，一边还在思索着。即使这种思索只是“若有所思”。他们并不那样掉在戏里。

丑角身上的间离效果是明显的。有人埋怨丑角缺乏性格，缺乏感情。有的丑角是有性格，有感情的，比如汤勤和《窦公送子》里的窦公。有些丑角是不那么有性格，他的目的本来就不在演性格。丑，就是瞅着。丑是一个哲学的形象，或者是形象化了的哲学。他是一个旁观者，他就是时常要跳到生活之外（戏之外），对人情世态加以批评的。曾见一个名丑演武大郎，在服毒之后，蹲在床上翻了一个吊毛落地，原来一直踡曲着的两腿骤然伸长了，一直好像系在腰上的短布裙高高地吊在胸脯上，观众哗然大笑了，观众笑什么？笑矮人也会变长，笑：武大郎老兄，你委屈了一辈子，这回可伸开了腰了。这种表演是深刻的、隽永的。有评论家说这脱离了人物，出了戏。对这样的评论家，你能拿他有什么办法呢？

曾看过一出川剧（剧名已忘），两个奸臣吵架，互相骂道："你混蛋！""你混蛋！"帮腔的在一旁唱道："你两个都混蛋哪……！"布莱希特要求观众是批评者，这个帮腔人实是观众的代表，他不但批评，而且大声地唱出来了。这可是非常突出的间离效果。

为了使戏剧变成剧作家之剧，即诗人之剧，使观众能在较远的距离从平淡的生活中看出其中的抒情性；用一种揶揄的、幽默的甚至是玩世不恭的态度来观察某些不正常的、被扭曲了的生活，为了提高戏曲的诗意和哲理性，总之，为了使戏曲现代化，研究一下间离效果，我以为是有好处的。

小议新程派

中国京剧有“四大名旦”，各有特点。梅（兰芳）雍容华贵。尚（小云）英姿飒爽。荀（慧生）妩媚玲珑。其中最具风格，与众不同的是程（砚秋）。

程的风格概括起来，可以说是含蓄、深沉比较内在。

程年轻时的戏路子本来是很宽的。除了《汾河湾》、《武家坡》这样的青衣戏之外，花旦戏也唱。解放前我看过一张旧报纸，有一版是京剧广告，程砚秋演的竟是《贵妃醉酒》！程砚秋的《醉酒》会是怎么样的呢？和路玉珊、梅兰芳都会有所不同吧。看来一个演员都得有个博采众长、兼收并蓄的阶段，过早的“归宗”，只认定一个流派，

＊初刊于一九九五年二月《大成》第二五五期，初收于人民文学版《汪曾祺全集》第十卷。

并无好处。

程砚秋逐渐形成自己的流派，并在旦角中产生很大的影响，有一个时期几乎成了“十旦九程”。

程派的特点不只是千回百转，回肠荡气的唱腔，当然“程腔”是程派的主要特点，程注重人物，注重意境。

一般来说，程的戏不太追求场面热闹，情节曲折。他曾经一个晚上只演一出《贺后骂殿》，这出戏几乎没有情节，只是贺后在金殿上把赵匡义骂了一通，唱了一大段二黄，全剧只有几十分钟。在天蟾舞台那样大的剧场，只唱了那么短的一出戏，只有程砚秋敢这样干！

他的新编戏“私房本戏”，《锁麟囊》算是情节比较曲折的。《文姬归汉》情节非常简单，严格说起来，这不是一出戏，是一首诗，一首抒情诗。《祝英台抗婚》是一出清唱剧。《荒山泪》的水袖圆场是一场中国舞蹈。程的水袖功极好，但是他并不追求表面的强烈。不是在那里“要”水袖，而是在圆场中表现人物，有一种内在的美。

程的剧本，演唱都比较“冷”。《董解元西厢记》说“冷淡清虚最难做”，能把戏唱“冷”了，而又使观众得到深深的感染，这是非常不容易的。程砚秋重视“四功五法”，但是法在外而功在内，程的功是“内功”。中国字画讲究“元气内敛”，程砚秋正是这样。他的艺术是中国戏曲里的太极拳。程的太极拳打得很好，说他的演唱受了太极拳的影响，不是没有道理。

李世济是程砚秋的嫡传弟子，有些戏曾得程的亲授。除了她的嗓音、扮相像程之外，更重要的是她对程的美学观点深有体会，不是亦步亦趋，得其形似。

我有些年没看李世济的戏了，去年看了她一场《六月雪》的《法场》，给我很大的震撼。世济不只在《窦娥冤》的“冤”字上做文章，不只是委委屈屈、涕泗横流，她演的窦娥是一腔悲愤，问天不语，欲哭无泪，是对这个无是非、不公平的世界强烈的抗议。我想这是符合程砚秋塑造这个人物，也是符合关汉卿的悲剧的原意的。我觉得世济的表演艺术达到了一个新的境界。

世济在艺术上是个非常好强的人。她绝不想停留在已有的成就上。她在不断地探索，不断地试验，不断地追求。

对程先生的本子，有的地方，她敢作局部的修改，《祝英台抗婚》原本比较单薄，世济在“哭坟”一场加了大段的反二黄，抚今追昔，不能自已，这就使《抗婚》的感情更加深厚了。《祭塔》的“八大腔”也动了一些地方，在回叙中增感情，避免了京剧行话所说的“倒粪”。

世济在唱腔、唱法上突破得更多一些。这几年世济在程腔的婉转中试用了真声（“大嗓”），这就更加浑厚，更使人有苍凉感。但是世济的大小嗓结合得很好，泯然无迹，不使人觉得“夹生”。程派一般不走高腔。世济有时却在平腔中拔出一个壁立的高腔，在“哭头”中用得更多一些，鹤唳猿吟，有很强的穿透力，大小嗓、高低腔，交替使用，“横看成岭侧成峰，高低远近各不同”，这样做使程腔更加丰富了。

对于李世济的这种做法褒贬不一。贬之者曰：这是破坏传统，“欺师灭祖”；褒之者曰：这是创造革新，大胆突破，是对“程派”的真正忠实继承。有人称世济的演唱为“新程派”。褒也好，贬也好，反正“新程派”已经成为“既成事实”，为很多观众接受，抹杀不了。

世济既已成为“新程派”，我希望她继续试验下去，破釜沉舟，义无反顾！

戏曲和小说杂谈

一、戏曲和小说的社会功能

据说周总理曾在广州会议上提出，文艺有四大功能：第一是教育作用，第二是认识作用，第三是美感作用，第四是娱乐作用。听说在美学界有一种理论，认为不存在这四种功能，只存在一种功能，只存在审美作用。我不了解这种理论，我还是同意文艺有这四种功能。

但是，我觉得长期以来，比较片面地强调了文艺的教育作用，而比较忽视文艺的认识作用。我怎么想起这个问题呢？是从《玉堂春》想起的，从苏三想起的。来这

* 初刊于《山东文学》一九八三年第十一期，初收于北师大版《汪曾祺全集》第六卷。

里之前，林斤澜等几位同志到山西去了一趟，到了洪洞县。林斤澜对我说，洪洞县的苏三监狱拆掉了，是“文化大革命”中拆的，说这是统治阶级压迫劳动人民的工具，不能留。林斤澜说，很可惜，这是全国仅有的一个明朝监狱，现在没有了。我见过这个监狱。这个县没有其他名胜古迹，主要是苏三监狱。据说，苏三就是关在这个监狱里，在这个县大堂上过堂。这可能是真的，也可能是附会出来的。苏三这样一个人物，为什么被洪洞县的人那么纪念？全国许多人知道山西有个洪洞县，是因为有了《玉堂春》这个戏，不少人会唱几句“苏三离了洪洞县，将身来在大街前”。《玉堂春》这个戏是很有特色的，是一出家喻户晓、脍炙人口的名剧。这出戏，编得不错。其中精彩的，经常唱的是“起解”和“玉堂春”。平常说的“玉堂春”是指“三堂会审”。用全剧的剧名，作为其中一折的剧目，就说明这是这出戏的“戏核”。这一折的艺术处理是非常特殊的。舞台处理是大手笔。整个一场戏，没什么舞台调度，就是上边三个问官：王金龙、红袍、蓝袍，下边是苏三唱。三个问官没什么太大的动作，苏三也基本上是跪着唱。她唱的内容都是前边演过的。这里的唱，把全部的内容重复地叙述了一遍。重复，这是编剧本的大忌。《玉堂春》走了一条险路，这个戏，表面看起来很平静，上边坐着，下边跪着，上边问，下边唱。这是很难的，表演也难，它没什么动作，但它的人物内心的矛盾冲突是很强烈的，而且层次很清楚，几经起伏，节节升高，以至达到感情的高峰。由于人物内心冲突很强烈，把观众吸引住了，从而感染了观众，使观众认识了《玉堂春》那个时代。就是那样一个时代，玉堂春被无辜弄到监狱里。我想，《玉堂春》这个戏有什么教育作用？很难说。能说我们今天要向苏三学习吗？学什么？顶多说学她对爱情的忠贞，但是这也很勉强。主要是个认识作用，现在我们来认识几百年前的明朝社会，这是个很好的资料。因此，我想，我们许多传统剧目，到今天仍能存在，以后还能存在，主要是因为它有一定的认识作用。我想，如果我们对过去的时代没有较深的认识，那就不可能对今天的时代产生真挚的感情。所以，认识作用是不可忽视的。

从作家的创作和观众接受的程序来看，也是认识作用在前，教育作用在后，一个作者写一个作品，不管它是反映现实生活，还是反映历史生活，一开始总是被生活中的现象所感动，然后才能意识到现象里面包含的意义。一个作家首先是观察了生活，理解了生活，在这基础上塑造形象；在这形象活起来之后，才会意识到这形象所具有的、所可能产生的道德力量和思想力量。一个读者或一个观众，看作品或看戏，他首先接受感染的也是人物的形象，是作者反映的生活，是生活现象。把这些东西记在心里，下一步，才可能使他对美好事物进行追求，或对丑恶事物予以否定。从作者产生作品的程序和读者接受作品的程序，一般是认识在前，教育在后。但是，教育作用有时被强调到或简单化到一点：向戏中的某个人物学习。我不否认号召读者向作品中塑造的英雄人物学习，但是，一般说这个教育作用是个复杂的过程。我们的作品如果只是强调教育作用，会导致题材的狭窄化，因为有些题材确实教育作用不大，但认识作用很深。比如，邓友梅的《那五》，它的教育作用在哪里？也可能读了之后引起我们的警觉，我们的青年人不要学习八旗子弟。这是间接的得到的理念上的认识。但是，真正从作品中得到的，是对那个时代，那个八旗，那些人物，那个生活的认识，他们是怎样堕落下去的。《茶馆》是中国旧时代的生活画面。我的那些作品《受戒》、《大淖记事》，不能说一点教育作用也没有；这些作品存在的意义，主要是让人认识那个时代。如果说它们有点教育作用的话，就是教育青年追求纯洁的、朴实的爱情。刚发表时，有人问我：你小说的主题是什么？我说是“思无邪”。但是，我主要是想让现在的青年认识认识那个时代。如果我们允许教育意义不是很强，但认识意义比较深的作品可以写的话，那么，我们的写作天地就比较宽一些。比如某个题材，很有典型意义，写出来能让人认识生活的某个角落，或某个时代的某个生活侧面，但是如果非强调要写教育作用大的，那么这个题材就完了。另外，为了避免在戏剧方面的一些武断，也应该提倡一下文艺的认识作用。比如，《起解》有人把一句念白给改了，原来是苏三说“待我辞别狱神也好赶路”，改为“待我辞别辞别也好赶路”，大概说狱神有迷信色彩吧，可是这样一改，辞别就没有对象了。再如，“三堂会审”的词，有好些剧团就把它改了，苏三唱的“头一次开怀是哪一个，十六岁开怀是那王公子”。现在把“开怀”改为“订情”，觉得“开怀”这个词不好听。“开怀”这词，是妓院的习惯用语，改成“订情”，那么苏三第一次订情，第二次订情，老是和人订情，这样苏三就成了不贞的人了，爱情不专一了。还有苏三唱的在关王庙与王金龙相会，“不顾腌臜怀中抱，在那神案底下叙叙旧情”，有的认为这两句不好，干脆删掉了。这是苏三这个妓女表达爱情的方式。作为一个妓女做到这样很不容易呵。这样一些词，使我们看到当时妓院的生活。可是，这样一改，的确是净化了，很“卫生”，也就没什么意思了。有些人对古典名著也是随便改。比如，《赵盼儿风月救风尘》，我看了几个改本，把赵盼儿改得一点妓女的痕迹也没有了，赵盼儿成了“高大全”了，非常仗义。赵盼儿是什么人？关汉卿写得很明白，赵盼儿“风月救风尘”，她用那妓女的手段救了一个落难的人。离开了妓女的身份，这个戏就不存在。所以，我想，强调一下认识作用，对某些同志或可改变一下那种粗暴的做法，也不至于把人物的精神境界无限制地硬拔高。

二、戏曲与小说的异同

它们的相同之处都是反映生活，塑造人物，都是语言的艺术。与音乐绘画不同，音乐靠旋律、节奏，绘画靠色彩、线条。可是戏曲与小说又确实是两种不同的艺术形式。第一从形式上看，小说可以有叙述语言，作者可以出来讲话，戏曲则不行。小说作者可以把自己的思想感情、态度通过叙述语言表达出来，而戏曲只有通过人物的语言和行动来表现，作者不能出来讲话。小说的风格主要表现在它的叙述语言上，而不是人物的对话，而戏曲要写出风格是很难的。第二，戏剧包括戏曲，是强调的，而小说，特别是现代小说是不能强调的，它不用强调这个手法。小说越像生活本身的形式越好。生活本身是较平淡的，有时是错乱的。小说的形式与生活的形式越接近越好。小说中的对话与戏剧台词不是一回事。小说的对话越平常，越和普通人说话一样越好，不能有深文大义。托尔斯泰有一句话，人是不能用警句交谈的。这话是很精彩的。小说的对话，一般不要用带哲理性的语言，或具有诗意的语言。否则，就不像真人说的话。年青时，我就犯过这个毛病，总想把对话写得美一点，深一点，有点哲理，有点诗意。我让老师沈从文看，他说，你这两个人物的对话是两个聪明脑袋在打架。戏剧则是可以的，戏剧人物的语言太平淡了不行。它比生活更高一点，离生活更远一点。这样说不一定恰当。我想，小说对生活是一度概括，戏剧是二度概括，戏曲是三度概括，高度概括。如果用戏剧的概念写小说，搞什么悬念，危机，高潮，写出的小说准不像样。小说贵淡雅，戏剧贵凝练；小说要分散，戏剧要集中。戏剧不能完全像生活，说白了，戏剧是可以编造的。当然，人物是不能瞎编造的。有些小说，浪漫主义小说，有时也带有戏剧性情节，如雨果的小说。他的小说情节性强，而且带戏剧性，改成戏、电影是很方便的。但是，一般小说，特别是现代小说，不太重视情节。有人反对小说中带有戏剧性情节。我也这样主张。如果你的题材带有戏剧性，你就写戏得了，何必写小说呢？一般说，戏还是重情节、重戏剧性的，当然有的不，如肖伯纳的戏就没多少戏剧性。

有的同志容易把小说与戏剧搞混了。有人用写戏的方法写小说。也有同志写戏用写小说的办法，这样写出来的戏就比较平淡。

三、中国戏曲的特点

1. 中国戏曲是高度综合的艺术。表现手段，在现在世界戏剧中是最多的，唱、念、做、打。在外国，一个戏中，同时用这么多手段，是没有的。外国戏剧家到中国来看戏，就说，你们中国的演员真是了不起。我们演歌剧的，不重视表演；重视表演的，就不重视唱。

2. 中国的戏曲是自成体系的。上海的黄佐临同志说，世界的戏剧有三大体系，一是斯坦尼斯拉夫斯基体系，一是德国布莱希特的体系，另外一个是中国的体系，或称梅兰芳体系。中国体系与布莱希特体系较接近，布莱希特说，他的体系的形成是受中国戏剧的影响。他说，他让观众意识到，我写的是戏，不是生活。舞台上演的是戏，不是生活本身。我不让你相信这是生活本身。另外，他不像斯坦尼要求演员进入角色，搞第一自我，第二自我。他要求演员清醒地意识到，我是个演员，我要表演这个人物。中国的表演程式化很厉害，演员很意识到自己怎样表演，怎样发声，怎样动作才美。不要求演员跟着人物走。中国观众看戏，不是完全掉进戏里，当然有些戏，特别是看苦戏，有些人是掉进戏里的。特别是一些老太太，台上演苦戏，她在台下一把鼻涕一把泪地哭。一般说，中国演悲剧，也不要求你那么感动。它要求你保留着欣赏态度。有人说，中国的京剧不感动人，我说，你埋怨错了，它不要求你感动。它的美学过程不一样。我在四川看过一个戏，写两个奸臣在吵架，一个说，你混蛋，另一个说，你混蛋。两个人吵得不可开交，这时，帮腔的唱："你俩都混蛋哪！"这就把观众的批评，直接由帮腔的人唱出来了。这表现了中国戏曲的很大特点。

3. 中国的戏曲有独特的手法。它可以容纳进小说的成分，即所谓"闲文"，它不是直接与戏剧情节有关系的东西，但对表现人物有帮助。比如《四进士》，在第三场中，宋士杰琢磨着回家后如何向干女儿杨素贞说，杨素贞又会怎样说法。回家后父女一对话，果然不出所料。当杨素贞刚说一句"我不是你的亲生女儿"，这时，周信芳加了一句："来了！"这两个字很是精彩：我等着她说的，果然说出来了。宋士杰说"我早知道你有这两句话了。"这一段，做为一个小过场，把宋士杰这个人对人情世故的练达表现得非常清楚。再比如《打渔杀家》，萧恩决定过江杀吕子秋一家。萧恩出门，桂英说："爹爹请转。"萧恩说"儿呵，何事？""这门还未曾上锁呢。""这门么关也罢，不关也罢。"桂英说"里边还有许多动用的家具呢。"萧恩说："傻孩子呵，这门都不关了，还要家具做甚。"桂英不明白，说"不要了？"萧恩说："不省事的冤家！"这一细节，写桂英的不懂事，以及萧恩的压抑、悲愤、要报仇的老英雄的悲壮心理，就在这简单的对话中表现了出来。我们现在写戏的人没有这个功夫。京剧不容易表现生活，生活化的东西是不太多的。我们也有荒诞派的东西，如《一匹布》，故事荒唐，表现手法独特。

我们的戏曲也有缺点，历史故事，历史人物，特别是人物雷同化。年青人看不上劲，感到不满足，一个原因就是人物简单化，缺乏复杂的丰富的充满矛盾的性格。这是历史的局限。其实，外国的东西，在中古以前的东西，也没有这么复杂的性格，如《十日谈》、《堂·吉诃德》。我们现在创作要向外国学习借鉴。但是中国的戏剧是独树一帜的。现在的欧洲、美洲的许多戏剧家认为，戏剧的出路在中国。走中国戏曲的路子。对于我们戏曲的一些缺点，在创作时要注意避免。

四、小说的情节与细节呼应

李渔谈编戏有一段话，话不难懂，但很有道理。他说："编戏有如缝衣，其初则以完全者剪碎，其后又以剪碎者凑成。剪碎易，凑成难。凑成之工，全在针线紧密；一节偶疏，全篇之破绽出矣。每编一折，必须前顾数折，后顾数折。顾前者，欲其照映；顾后者，便于埋伏。照映埋伏，不止照映一人，埋伏一事，凡是此剧中有名之人，关涉之事，与前此后此所说之话，节节俱要想到。宁使想到而不用，勿使有用而忽之。"照应、埋伏的关键是前思后想，要有总体构思。有的同志写小说，写这一段就只想这一段，这不行。写这一段时，往前想几段，看哪里需要照应；往后想几段，看是否应该埋伏。我们一般的写小说，往往很难从头至尾想得很周全。我有打腹稿的习惯，特别是短的。要往前想想，往后想想，不这样，写出来的小说就像个拼盘。埋伏，要埋伏得叫人看不出来，不露痕迹。照应应该是水到渠成。

五、主题的含藏

李渔讲到"立主脑"。为什么叫主脑？我想到风筝上有一根脑线。有了这根脑线，风筝才飘起来。但是让人看到的是风筝的那个形象，而不是那根脑线。中国有句俗话，叫“逢人只说三分话，未可全抛一片心”。在做人上这是庸俗的哲学，而写小说却是可以这样的。李渔说写诗文不可把话说尽，有十分只说二三分，如果全说出来就没意思了。虽没有写出来，但要使读者感觉得到。侯宝林说《买佛龛》，老太太买来佛龛，小伙子问“多少钱买的？”老太太说：“不能说买，要说‘请’。”“多少钱请的？”“唉，这么个玩艺，六毛！”不再往下说了。如果说破了，说老太太一提到钱，心痛了，就忘了对佛龛的敬意。这就说白了。也就没有“嚼头”了。我们的作者往往把话说破了。再如契诃夫的《万卡》，最后是，寄给乡下的爷爷收。到这就完了。如果后边再加上：万卡不知道，他的爷爷是不会收到的。这就“白”了。也就不是契诃夫的《万卡》了。不说，更深刻；说破了，它感人的艺术效果就被削弱了许多。中国还有句话说“话到嘴边留半句”。点题的话，想说时你要忍着，留着，别把它说出来，像《红楼梦》中尤三姐说的一句话，“提着影戏人儿上场，好歹别戳破这层纸儿。”我觉得小说一般不要点题。

京剧格律的解放

用京剧曲调谱写语录和毛主席诗词，使人们觉得京剧曲谱的能量也是很大的。有些京剧语录和诗词比较勉强，带有明显的削足适履的痕迹。但是有一些是很顺畅的，有气魄，有感情，有意境的，比如裘盛戎唱的“群众是真正的英雄”，李维康唱的“风雨送春归”。有的唱腔设计的同志说：这些都能唱，还有什么不能唱的呢？

这就让人想到另一个问题，为什么京剧唱词的格律一定要死守着二二三、三三四、上下句这样的框框呢？

有没有什么道理？据说是有：这是京剧的唱腔规律所决定的。京剧唱腔每一句分三小节，一小节的拍数是相对

* 初刊于一九八一年六月十四日《北京戏剧报》，初收于北师大版《汪曾祺全集》第三卷。

固定的，因此唱词字数不能参差；上下句，上句押仄声，下句押平声，是因为平声可以延长，便于“曼声歌唱”，即“使腔”。但是《贵妃醉酒》的字句并不整齐，它不是板腔体，而是曲牌体，怎么也能唱了呢？平声么？北京话的阴平是高平调，阳平是升调，倒似乎便于延长，然而京剧原用湖广音，湖北话的阳平是降调，不便延长，那又如何解释呢？而且，大家都知道京剧使腔并不都在下句，上句使腔的时候更多一些，而且，京剧的“按字行腔”是指小腔而言，至于大腔，则除了开头部分受字音的制约。字既吐出，下面的腔与字音已经没有关系了。因此，这些道理不能说服人。

只能说，京剧的格律是一个历史的、人为的现象，是习惯，是约定俗成，没有一定的道理。它大概是来源于说唱文学。这样的格律有两个缺点，一是宜于叙事而拙于抒情（旧戏唱词往往有第三人称的痕迹）；二是死板少变化。唱词格律的简陋、死板，很大程度上助长了京剧艺术的凝固性。

老一辈的京剧艺术家已经自觉不自觉地突破了框框。《法场换子》、《沙桥饯别》都在二黄三眼里垛了几个四字句。《上天台》的三眼在结尾后又饶了一句“你我是布衣的君臣”，是所谓“搭句”，即唱了两个下句。程砚秋真大胆，他把《胡笳十八拍》的第十四拍一字不动地唱了出来，而且顿挫一如原诗！梅兰芳唱的《三娘教子》："小东人下学归，我教他拿书来背，谁知他一句也背不出来。手执家法将他打，他倒说我不是他的亲生的娘，啊，老掌家呀！"这是什么？这是散文，根本不押韵！然而很有感情。

我深深感到，京剧格律有突破、丰富的必要。我觉得可以把曲牌体吸收进来。词曲在写情上较之原来规整的古近体诗无疑是一个进步。我曾经按谱填词写过昆曲，发现这种貌似严格的诗体，其实比二二三、三三四自由得多，上下句不必死守。可以连用几个上句，或几个下句，以适合剧中感情的需要。古诗用韵，常常是平仄交替。一段之中也可以转韵。杜甫的古诗都是一韵到底，白居易的古诗就按情绪需要不断地转韵。一段二三十句的京剧唱词，为什么只能一道辙呢？转韵有好处，可以省层次，有转折。我甚至觉得京剧完全可以吸收一些西洋诗的押韵格式，如间行为韵，ABAB；抱韵，ABBA……

不是为格律而格律，不是跟京剧的传统格律捣乱，不是别出心裁，是为了把京剧往前推进一步。新的内容、新的思想，新的感情，要求有新的格律。

当然不是要京剧格律搞得稀里花啦，原来的格律全部抛弃。主体，仍应是二二三、三三四、上下句。

担心这样搞会不像京剧么？请听“风雨送春归”。

梨园杂叙

老头儿对传统戏曲是很有感情的，爱听，兴之所至也会唱上两句。家中存着张他年近七旬的“演出照”，那是一九八七年赴美参加爱荷华国际写作计划时的一场晚会上，他穿着粉蓝紫白四色格纹的衬衫，外罩白色的开衫毛衣，身前一簇红艳艳的波斯菊，背后是色彩斑斓的中东和印度风情装饰品，双手虚抱，环着一只空酒杯开腔亮嗓，醺醺然的状态甚是得意。

但更多的时候，他喜欢静静地听戏，像只老猫一般蜷在蒲黄榆客厅墙角的沙发里，右手捏指随着电视里咿咿呀呀的唱腔打着拍子，不时浅浅哼上那么两句。

《梨园集》所收，以老头儿探讨中国戏曲创作的文论为主，间有数篇追忆戏坛名家故旧的散文及书信，在《别集》中，大概算不得很讨喜的那一批。一则要读透戏曲题材的作品，多少需要了解些前情背景、仪程掌故；二则与谈论四时风物、佳肴珍馐的作品比，文论读起来总要多花费些气力。但对于真正爱汪之人、爱戏之人，这一册确是值得颠倒反复、细思慢酌的。

老头儿的一生可说是与戏相伴。幼年家乡的螺蛳坝、泰山庙，大伯父珍藏的留声机，父亲的胡琴，既是民间音律的沁染，也是情境人物刻画的熏陶。大学期间参加曲社，自是一派昆曲的迤逦雅致。新中国成立后在北京市文联工作期间，编辑工作之余还写了一部拿到全市戏曲会演剧本一等奖的《范进中举》。待到一九六二年调入北京京剧团，便在编剧的岗位上兢兢业业干到离休。倒退二十年，《端午的鸭蛋》、《胡同文化》还没进入课本，"作家汪曾祺"在中文系学子以外还鲜有人知，说到老头儿时，最叫得出响儿的代表作该算是《沙家浜》里的《智斗》唱段。但凡提起"垒起七星灶，铜壶煮三江……人一走，茶就凉，有什么周详不周详"，人人都要竖起大拇指，赞上一句："高，实在是高！"

遗憾的是，从事戏曲创作二十余载，老头儿的作品，包括成为八大"样板"之一的《沙家浜》，于他而言应该都算不上称心之作。

对于“样板戏”的是非功过，时至今日仍有颇多争论。但站在创作者的立场上，他坚定地认为，“从总体上看，‘样板戏’无功可录，罪莫大焉”。在“主题先行”和“三突出”的创作理论指导下，无中生有、“海阔天空”地瞎编，根本违反了艺术创作的规律。

但从“局部”出发，“样板戏”亦有可取之处，譬如对于现代生活与戏曲传统表演程式之间的矛盾的处理，关于地方戏、曲艺旋律与京剧唱腔的融合，以及关于配器的丰富与延展等等。因为，在他看来，传统京剧陈旧的历史观、简单化的人物性格、松散的结构，以及粗糙的语言，都使得观众，特别是青年观众越来越少，京剧已经陷入了存亡的危机，必须要对传统进行选择性的继承，提高剧本的创作水平，提升演员的素养和待遇，争取更多的年轻观众，才能让这门表演艺术得到真正的传承和发展。

在北京京剧院担任编剧二十余载，他一直秉承“提高京剧的文学水平，提高可读性，把京剧变成一种现代艺术，可以和现代文学作品放在一起”的宗旨，也创作了《小翠》、《王昭君》、《凌烟阁》等一批作品，可惜的是，有些因为观众反响平淡，演出几场就停演，也有些干脆没能排演上台，直接压了箱底。究竟是老头儿的剧作真的“宜读不宜演”，还是受限于当时戏曲受众的欣赏水平和口味偏好，导致“明珠蒙尘”，尚无公论，但今时今日回头品读他在八十年代成稿的《从戏剧文学的角度看京剧的危机》、《正视危机才能走出危机》、《浅处见才》诸篇，从一个与戏曲行当尚有些渊源的非专业人士角度看来，仍是发人深省的。

“戏曲（我这里主要说的是京剧）不景气，不上座，观众少，原因究竟何在？我认为，根本的原因是：它太陈旧了。”《应该争取有思想的年轻一代》开篇这句一出，不论是当年还是今日，怕都是会引发戏曲圈的一片骂声。似乎冠以“国粹”、“非遗”之名，便是明珠宝玉，沾不得改不动。然而，观众才是舞台艺术生命力的唯一试金石。自二十世纪五十年代以来，传统戏曲剧种正以每年至少消失一个的速度锐减，全国戏曲演出票房近年来年均下滑五千万元以上，作为全国文化中心的北京，二〇一九年的戏曲演出场次也比二〇一八年少了五百多场……再多小学开课、娃娃学戏、老外入行的报道，也掩不住传统戏曲正在日薄西山的事实。

随着时代的发展，全社会受教育水平的提升，艺术形态蓬勃兴起，文艺创作思潮涌动，戏曲早已不是当代文化娱乐生活的优先选择。如何正视危机，走出危机，二十多年前一名老编剧的思考也许仍有鉴用的价值：

一要重视基础教育。“不妨可以采取些强制性手段”，更多在语文、音乐等课程中安排京剧内容，“更多把‘国剧’介绍给年青一代”，通过经常性的接触，培养对京剧的兴趣。

二要兼顾传承创新。中华优秀传统文化需要去粗取精，加以甄别性的保留和传承，决不能认为旧的就是好的，传统的就是正确的、精彩的、不容触碰的。对于传统戏进行重新整理，“小改而大动”，才有助于内在生命力的延续。要“保留有代表性的，比较精彩的唱念部分，使其不失原有风貌”，但同时，也要解决部分传统戏在价值观、文学性、节奏感等方面存在的问题，要“在思想内容的关键之处，注入现代思想”，“在传统与革新之间保持一种张力”。

三要注重剧本创作。纵观中外，高水平的剧本创作对于剧种的兴盛具有不可低估的影响。但在早期京剧的发展过程中，京剧作为一种“非书面文化”，几乎没有留下专业编剧的痕迹。当下，想要吸引更多观众走近戏曲，必须在戏剧冲突、人物刻画、唱词设计、旋律编谱、伴奏舞美等诸多方面实现解放和突破。“优秀的编剧除谙熟京剧外，还要熟悉舞台和表演。改编、新编历史剧也必须有现代生活的积累。要训练用韵文思维，并注意适合不同演员的特长。”

四要加强人才培育。“京剧演员艺术质量下降，可以找到如下一些原因：演员局限于只学老师的东西，缺少自己的创造和发展；老师教学生也只囿于自己的流派。”“提高演员的文化素质、艺术修养是当务之急，只有这样，京剧演员才可能在前辈人艺术成就的基础上攀越新的高峰。”

五要做到兼容并蓄。要想表现现代生活，传统戏曲需要“舍弃一些东西、丰富一些东西，解决传统戏剧表演程式与现代生活习惯的诸多不协调”。善于融合本应是京剧最大的优长所在。“花雅之争”后京剧之所以能压倒昆曲崛起，正是因为汲取了徽调、秦腔、汉剧等诸家之所长，更加符合当时普通民众的赏鉴口味。现如今，也许糅合了“生活动作的舞蹈化；生活语言的音乐化；从生活出发创造富有想象、新鲜奇妙的表现手法；适当吸收、合理使用古代舞蹈、武打动作”，“既有现代生活气息，又不失京剧艺术的韵味”的创新型作品，才能真正符合新时期观众对于戏曲的新期待。

诚然，老头儿关于戏曲传承与革新的论点也不过是一家之言。但如果能有更多的创作者，能够像老一辈文人一样，心沉一些，多学一点，多想一些，真正以成就一项事业、养育一个孩子的态度去对待自己的作品，中国的文化内容生产才真正是未来可期。

是为记。

汪 卉

二〇二〇年十月十二日

图书在版编目（CIP）数据

梨园集 / 汪曾祺著 . —杭州：浙江文艺出版社，2020.12
（汪曾祺别集）
ISBN 978-7-5339-6292-0

Ⅰ. ①梨… Ⅱ. ①汪… Ⅲ. ①散文集－中国－当代 Ⅳ. ① I267

中国版本图书馆 CIP 数据核字 (2020) 第 213297 号

梨园集　　汪曾祺　著

出版策划　星汉文章　读蜜传媒

出版统筹　金马洛　　选题策划　李建新　　责任编辑　瞿昌林

装帧设计　生生书房　　排版制作　胡亚超　　责任印制　张丽敏

出版发行　浙江文艺出版社

网　　址　www.zjwycbs.cn

联系电话　0571-85152727（发行部）

经　　销　浙江省新华书店集团有限公司

印　　刷　浙江新华数码印务有限公司

开　　本　787 毫米 × 1092 毫米　1/32　　字　　数　120 千字

印　　张　7.125　　插　　页　4

版　　次　2020 年 12 月第 1 版

印　　次　2020 年 12 月第 1 次印刷

书　　号　ISBN 978-7-5339-6292-0

定　　价　28.00 元